U0622845

蛹在破茧

——丁中冶《浅水》序

丛治辰

丁中冶出生在1998年，今年才24岁，是个年轻人。2016年他出版第一部小说《鹿唇》的时候，只有18岁。《鹿唇》序言里，著名评论家何平对近于"零零后"的年轻人在"新媒体时代"的今天仍会致力于纯正的文学，表示了由衷的欣慰："丁中冶不是在'消费'意义上展开自己的文学写作，我们能够从他的写作找到他个人文学阅读史的线索，比如东西方文学的抒情传统。阅读和写作之于丁中冶，恰恰是他作为中国新一代少年对于世界的思考和想象，自然也包括他文学阅读的自由和开放。"不过，年轻人是天然的文学爱好者，因为青春诗情的迸发而写出一两部文学作品，然后远遁而去别操他业的，不在少数。好在时隔六年之后，丁中冶又写出了这部《浅水》，似乎要证明自己对于文学的诚挚情感。

意料之中的，丁中冶的处女作《鹿唇》写的是爱情，而且多少带有一点自叙传的影子。小说中的叙述者"我"和丁中冶一样，也是在美国留学的中国青年（或者如何平所说，是中国的"新少年"）。他的爱情懵懂、短暂、忧伤，并且经由丁中冶的艺术处理，在那个关于"鹿唇"的比喻里，又显得唯美而梦幻——正如大部分年轻人的爱情一样。小说中令我颇为触动的，是"我"的那封"致所有我不爱的人"的信："人们总是喜欢因为现实的原因放弃曾经珍惜了很久的爱情。你敢说你没有做过和自己曾经的情人成家立业的梦吗？你敢说没有想过在某一刻和你的情人紧紧地贴在一起不再分开吗？你啊，若是抛下了当初心中的一切执念，如今的你，还算是个完整的人吗？……我爱你，因为我和你在一起的时候，我是我。有人会为了自己所爱的人走出梦境，而我自己爱的人就在梦境之中。"在饱经沧桑的人们看来，这样的表白或许多少有些稚嫩，但那其中小小的自私，小小的自信和小心翼翼试着去爱人的心情，足够炽烈，也足够真诚。这是少年情怀最可宝贵的部分，从这里开始自己的文学之路，至少意味着丁中冶忠实于自己的内心，而这是一名写作者极为重要的品质。

这部《浅水》似乎写的也是爱情。尽管小说开篇的时候，这爱情已经结束了。但是在乔沛凝对清子的念念不忘里，已经藏下了多少往昔记忆。只是这记忆中的爱情，当然远不如《鹿唇》里那么清澈，反而在浅水市那场难得的暴雨里，散发出一种腐败的、黏稠的、末日般的气息。丁中冶所认识和书写的爱情，在这部新作里变得复杂了。一个年轻人最初的爱情，大概就只是爱情而已。可随着时光流转，爱情一再来临又一再枯萎，他终会发现在爱情里可以重新认识自己，认识他人，也认识这个世界。那是两个人在一种至为亲密的关系里，在不断探索和确定自己与世界的边界。所以《浅水》里的爱情既没有那么义无反顾，也没有那么熠熠生辉，而是充斥着彼此辩难与自我怀疑。乔沛凝始终感觉清子是冷淡的，如"冰冷的，没有感情的浅水"，认为在这段感情里，自己的付出要比清子更多。有趣的是，清子很有可能看法完全相反，当她和乔沛凝谈及毛衣的时候，显然她在暗示乔沛凝不过是出于自私而坚持所谓的爱情，并用这样的爱情对她进行情感绑架。而当相爱的两个人开始考虑谁更自私的问题时，爱情当然已经斑驳不纯。因此，与其说丁中冶是在书写爱情，不如说他是借由爱情表达自己的一些基本判断。如："乔沛凝扭了扭鼻子，觉得自己这一代人其实心里面都是互相看不起对方的，这种看不起让他们相遇，慢慢地变成了攀比，最后成了朋友。这是没法改变的事实，也是趋于无奈的社会选择。"又如，清子说："到了这个年纪，你是什么样的人，已经定型了。环境既不能起到决定性的作用，也不能作为你成长的催化剂。长大就是一个累积仇恨的过程，而成长是一个习惯绝望的过程。"在这样的判断里，我们当然可以读出一个年轻人的愤懑和苦楚，那未必是客观的，甚至可能是错误的，但那同样可能是一个年轻人忠实于自己内心的抒情。

当然，作为一个连环杀人犯，乔沛凝绝非作者的理想传声筒，如"浅水"一般迷离的清子也不是。事实上小说这一文体的迷人之处恰恰在于，每个人都可能是作者的传声筒，但是每个人却又都彼此抵牾，相互争论，各自不可折服，于是作者可以从不同的角度去表达意见，形成一部交响乐章。因此在小说中丁中冶还写了另外一种畸形的"爱情"：池代龙的徒弟对同学冯恬的那种情感，是默默凝视，遥远地关切，却永远无法靠近，唯一的感情维系只有金钱。这不索求任何回报的经济付出，当然是爱，又与乔沛凝的爱截然不同。小说中更写到一种可能比爱情更为持久的心理痼疾，那是池代龙不堪回首的隐秘往事所造成的创伤。有时候恨，包括对自己的恨，可能比爱更让人难以挣脱。而当小说的谜底揭开，乔沛凝的爱情显露出另外一副狰狞面孔，我们才赫然发现，原来爱和恨之间，可以有着那么微妙而简洁的换算关系。如果说乔沛凝和池代龙徒弟的爱情，还是丁中冶这个年纪尚可经历的；那么池代龙的愧疚、悔恨、自苦，以及乔沛凝那种疯狂和妄念，则不仅超出了丁中冶的生活经验，甚至超越了他这个年纪的理解能力。就此而言，《浅水》要比《鹿唇》更难，也更难得。这不仅仅是因为《浅水》采用了更加繁复的叙事结构，更尤其因为在《浅水》当中，丁中冶能够跳出小小的自我，去体会不同人的思想、情感和行动方式。这一次，他不仅仅是忠实于自己，并且能够在不迷失自己的前提下，将自己面向着世界无限打开。于是他不仅讲述了自己，讲述了自己这一代人，也讲出了他者，讲出了在现代城市当中颠沛流离却仍险象环伺的每一个人。

这大概就是在一个"新媒体时代"，年轻人为什么仍然可能，甚至有必要追求纯正文学的原因。文学，尤其是小说，并非一种娱乐消遣，而是一种认识工具。一个足够忠实于自己的写作者，是在写作中以极为坚韧的意志去与旧日之我斗争，与狭隘之我斗争，不断让自己变得更新，更复杂，更充实。而不少伴随"新媒体时代"而产生的休闲方式，起到的往往是相反的作用。从《鹿唇》到《浅水》，我们能够清楚地看到丁中冶的成长，我们也愿意相信，这成长还远未停止。丁中冶在高中毕业的时候，就为自己定下写作目标，要写出"蛹""蝶"两个系列的小说。《浅水》是"蛹"系列的第一部，已经有了破茧欲出的势头。那么丁中冶坚持不懈地继续写下去，会呈现什么样的格局呢？让我们拭目以待。

一

这一季的雨水好像格外地匆忙，没有给任何的准备时间，就悄悄地落下。

乔沛凝的朋友们都不喜欢下雨天，因为雨天总是伴随着阴沉的天空和冰凉的雨水，何况那雨水已经远远没有以前清澈，或许它再也不是来自天空之上的恩赐了。乔沛凝，恰恰相反，并不讨厌雨天。于乔沛凝而言，阴天和雨水的组合，就是自然界的邦尼与克莱德，是生活带给乔沛凝的恶趣味戏剧，略微夹杂着一些不满情绪，给了乔沛凝一个绝佳的机会，思考那些想不通的问题，补上那些缺失的睡眠，回忆起那些曾经的人或事。

屋里的窗户难得呈现半开合的状态，要知道乔沛凝是一个不爱呼吸新鲜空气的人，这样的人比较少有。

乔沛凝想，可能是因为自己对于舒适圈的过分依赖，才养成这样的坏习惯。雨水就这样不留情面地从缝隙中拜访了乔沛凝的床沿。床沿的空气凤梨应该是此刻最能感觉到愉悦的家伙了，它为整个房间，或者说，整个家添加了唯一的绿色。乔沛凝觉得，它可太孤独了，一辈子忍气吞声地躺在冰凉的支架上，悬在半空中晃晃悠悠。空气凤梨从不会因缺水干枯而死，多数空气凤梨都惨死在人类的悉心照料之下，乔沛凝和它同享受着一份孤独，水分过多，反而失去了那一抹干枯的绿。

哦，对了，这植物不是乔沛凝的。

雨越下越大了，乔沛凝关上窗户，窗沿上的灰尘被推开，留下一道扇形的干净表面。此时便再也听不到风声了，窗帘挡住了所有的光线，房间变得昏暗，静得出奇。乔沛凝呼了口气，终于又回到了他熟悉的环境。走进厨房，拧开水龙头接了杯水喝，厨房台面上躺着过期了很久的茶包。这东西是清子的，乔沛凝不喝茶，他只喝咖啡。

那空气凤梨也是清子的。

乔沛凝站在这70平方米的房子里，开始学着去理解为什么很多男人装修时渴望拥有自己的书房或工作室，而女人渴望拥有独立的衣帽间。这都是调剂气息的好地方，以免一方气息太强，那小小的房间就是最后一片允许自己胡作非为的地方。可乔沛凝和清子不是这样，越是和她走得近，乔沛凝倒是觉得她身上的气息愈发地淡了。一个无色无味的人可不常见，那些她照顾的植物，也慢慢变得没有味道，只剩下泥土的味道。

乔沛凝和清子大概是生活在一个房间里，最冷淡的情侣了。但即使是这样的关系，乔沛凝还是不希望别人把他和清子当作分享一间屋子的房客。乔沛凝总是偷偷忍不住想，他喜欢清子的程度应当是比清子喜欢自己的程度要高的。只是清子对乔沛凝总有一层摸不透的戒备，而她越与乔沛凝保持距离，乔沛凝就越受折磨，甚至对她的喜爱到了一种奇怪的地步。乔沛凝曾经也想过，他是不是一刻也离不开清子了，或许只是他不希望自己付出的努力在感情面前不被承认。总而言之，清子拥有一句话就击垮乔沛凝的能力，在感情上有着绝对的支配权。

乔沛凝挠着头走到镜子前。每次当他思考时，脑细胞都不断地冲击着他的头皮，让他的脑袋奇痒无比。他好久没有理发了，几个月前烫的头发又卷又蓬地耷在头上。长长的刘海儿盖住了额头，乔沛凝试着用手调整刘海儿，把它变成二八分的样子，但是不一会儿就回归成原形了。乔沛凝无意瞥见一旁的课表，原来他还修过哲学课，他可是一点印象都没有了。这不怪乔沛凝，他已经很久没有走进教室了，不考查出勤的大课乔沛凝是从来不去的，坐在巨大的阶梯教室里，交着巨额学费听一个带着口音的老师读着台上的PowerPoint，乔沛凝觉得这不是一件很美妙的事情。而那些分小组的小班，与他人进行的讨论乔沛凝也没办法参与进去。乔沛凝从没觉得自己不合群，只是有些明显的问题不需要通过这么分析来得出结果。再多的数据摆在决策者面前，一个否决，那些辛辛苦苦的数据分析就变成了毫无意义的数字。乔沛凝深知自己没有资格嘲笑那些努力拼搏的人。他觉得自己是《何者》里的宫本隆良，自命不凡，但背后都不甘于现状，偷偷地不光彩地努力。生活的可悲就在于，那些过于傲气的人，终有一天会失去他们傲气的资本，而当他们失去赖以为生的技能的时候，发现自己其实只是一个碌碌无为而又随波逐流的人。一个人到了这种地步，也是没脸再走进教室重新开始了，好在他已经毕业许久，没有机会在芸芸众生中丢人现眼了。乔沛凝扭了扭鼻子，觉得自己这一代人其实心里面都是互相看不起对方的，这种看不起让他们相遇，慢慢地变成了攀比，最后成了朋友。这是没法改变的事实，也是趋于无奈的社会选择。

乔沛凝在家中踱步，房东已经给他下了最后通牒，在明天天亮之前，他必须搬走。所有没有处理的物品都会被不留情面地当作垃圾处理。他在房子里折腾了好几个小时，细心地"挑选"他眼中的贵重物品，可最后捧在手上的，无非是那棵生命力顽强的空气凤梨。

乔沛凝又望向桌上的茶包，他有些失了神，像是在犹豫什么。但仅仅思考了片刻，乔沛凝就做出了他的决定。他拿出热水壶，插上插头，水蒸气慢慢从壶口升起。这种似曾相识的感觉让他慢慢模糊了视线……

二

　　乔沛凝带上伞出了门，春天是白雪慢慢消融的季节，这过程可能会用上好几周。乔沛凝打着伞走在路上，风灌进袖口，他冷得打了哆嗦，来到这里已然四年，还是没有习惯这里的天气。清子有时会向他抱怨糟糕的天气，说自己被冻得手脚冰凉，想要去一个温暖的地方旅游，然后找个机会住在那里再也不回来了。这虽是胡闹的话，但每当他被冻得忍无可忍时，心里总会赞同清子的想法，恨不得抛下一切，宁愿去沙漠里渴死，旱死，也不想在冰天雪地里冻死。

　　举着雨伞的手备受煎熬，乔沛凝把伞换到左手，右手快速地插进暖和的衣服口袋里。他想起清子的手脚冰凉不仅仅是在室外，在室内也同样如此，哪怕是在厚厚的被子里，房间里开足了暖气，她的身子也是冰冷的。这可能是她愿意贴着乔沛凝睡的原因，她会把手脚都贴在他的皮肤上取暖，冰凉的手脚要焐上好一会儿才有些好转。乔沛凝一开始也有些不适应，但久而久之也就习惯了。清子每次会很不好意思地说："抱歉，很冰吧?"这是乔沛凝能回想起为数不多的与清子的亲密时间。乔沛凝总想着和清子共享些什么东西，自认为和她共享生活是亲密二人关系的全部，但仔细想想之后，发现自己无时无刻不在单方面给予，而不是在与她分享。乔沛凝不觉得自己是一个无私奉献的人，清子的出现带给他的改变是他原来没有想象过的，以至于这变化太大，乔沛凝还没有来得及去适应，已经觉得自己就是这样的人了。

他走进家附近的咖啡厅，门外的桌椅都收了起来，桌椅上的软垫也有序地摆放在阳伞上面，店门口的小黑板上写着咖啡厅最近的新品，以及现在进行的活动等等。上面的字体乔沛凝倒是有些印象，他不止一次看到店主弓着身子一大早认真地装饰黑板，店主的字圆圆扭扭写成可爱的模样，与他本人倒是有很大的出入。雨天店内没什么客人，乔沛凝站在门口就显得孤零零的，从杂物间走出的店主很快注意到了他，向他露出一个拘谨的微笑。

乔沛凝抓住玻璃门的金属把手，刺骨冰凉的把手又让他突然回想到清子的身躯……

"好久不见，今天喝点什么？"店主的话语把他拉回现实。

"好久不见。"乔沛凝顿了顿，又说道，"其实不渴，只是要搬走了，有些不舍。"

店主笑了笑："真的吗，好可惜。但我可没有搬店的打算，真为你可惜。"

"可惜什么？"

"可惜你再也喝不到这么好喝的咖啡了。"店主打趣般地说道，"你女朋友呢？那个经常和你一起来的女孩。"

"她……她已经不在这个城市里了，我今天来就是看看她有什么东西落在家里。"乔沛凝回答。

"分手了?"店主问。

"某种程度上算是吧,不在一起了。我不想提这事了。"乔沛凝回答。

"抱歉,提你伤心事了。这样我请你喝一杯店主特调,看你状态不太好,给你多加几份浓缩?"店主略带歉意地说道。

"越多越好,我巴不得咖啡因进入我的血液。"乔沛凝笑着回答。

"那这杯就叫作中毒。"店主说道。

"这样最好,这样最好。"乔沛凝回答。

店内的背景音乐永远只循环播放着同样的歌单。音乐声音放得很轻,有时能听到,有时一点声音也没有。乔沛凝去了这么多次,也没有听出其中任何一首曲子的出处,这样也好,人们对于未知的东西很难表达出厌烦。乔沛凝找了个老位置坐下,那沙发他可太熟悉了,仿佛用料是记忆海绵一样,完美地托住了乔沛凝的整个屁股，再舒适不过了。墙壁上挂着一个小木钟，这些年，乔沛凝从来没看到过小房子的门打开，他此刻开始怀疑那钟里到底能不能飞出可爱的小鸟。

乔沛凝记得他和清子每周都要来这里好几次，清子坐在沙发上滴滴答答地敲着电脑，乔沛凝就坐在清子对面看着她。乔沛凝有时会尝试引起清子的注意，但一次也没有成功。但他并不在意，他喜欢看她专注的样子，每当他这么做，安心和慰藉的感觉便涌上心头。乔沛凝甚至还记得清子认真思考时，会不自觉地抿嘴巴，在乔沛凝眼中，他爱死这个小动作了。

这是一座被人遗忘的破旧老城。城市位于盆地，天然的洼地，生态环境脆弱，生命在这里尤其地宝贵。它从未辉煌过，从平地拔起时就是一副老气沉沉的样子，落后的雨水排污系统应付起毛毛雨都差点意思，更别说这样的大雨天了。每当雨过天晴，整个城市不是焕然一新，而是像被淹没了一般。人们艰难地在积水中行进，但没有一个人打着离开的念头。当地人称这里为浅水，正是因为雨后那一汪怎么也排不干净的水。

　　乔沛凝此刻望向地面上逐渐升高的水位，又一次陷入了回忆……

　　清子悄悄地在他对面坐下了。

　　"店里一个人也没有呢。"乔沛凝对清子说道。

　　"这样也挺好，就我们两个人，感觉像是在幽会。"清子回答。

　　"是啊。"清子看了看乔沛凝，嘴唇张了张，又抿上嘴巴。

　　"今天的雨下得真大。"乔沛凝看向窗外，"不知道在回家前，天气会不会好一点。"

　　"我最近在思考你对我的关心。"清子突然打岔道。

　　"我对你的关心？"乔沛凝不理解她的意思。

　　她看着乔沛凝，一动不动："我觉得你有话对我说，我也有话对你说。"

"你想说什么?"乔沛凝问道。

"你不是真心在关心我吧,我觉得你对我的情感很复杂。"清子说。

乔沛凝吃了一惊,一边回答着怎么会呢,一边摆出试图缓和谈话尴尬气氛的微笑。

"你用一个词来形容一下现在的天气。"清子说。

"烦躁而又湿润。"乔沛凝回答。

"我是让你用一个词,亲爱的。"清子耐心地说。

乔沛凝怎么也想不到用一个词形容窗外的天气。雨在飘着,是湿润的,雾消散不去,是迷茫的。而这些带来的潮湿不适,让他烦躁。

她看乔沛凝回答不出来,也没有作声,身子向后仰去,窝在沙发里。

过了一会儿,她对乔沛凝说:"想不出来就不要想了,我只是想跟你说,你这个人,感情太过复杂。"

他从没想过这句话是从清子嘴里说出来的。

"所以说,你对我的感情没什么了不起的。"清子说道。

"我不喜欢你这么说，感情是不分程度的。"乔沛凝摇了摇头。

清子笑了笑，揉了揉眼睛，她目光发亮，挑动的睫毛干扰着乔沛凝的注意力。

"那你用一个词形容一下我。"

"浅水。"乔沛凝看着窗外的积水，没怎么想就报出了这个词。

清子对他来说，就是一汪浅水。冰冷的，没有感情的浅水。没有流向，也没有杂质的浅水。既不能给他想要去征服的渴望，也不能使他产生被它击败的恐惧。她是浅水，在浅水中，没有人能溺死，也没有人可以肆意遨游。浅水是温柔的，但清子的冷淡让乔沛凝觉得死气沉沉。

乔沛凝不知道她是否满意这个回答，她又抿上了嘴。

"浅水……浅水。"她嘴里喃喃道，重复了两遍，似乎是挺满意，好像是想通了什么，又对着乔沛凝说，"这种自相矛盾的感觉，才把你变成这样的吧。"

"我听不懂。"乔沛凝真的没懂她在说什么，他跟不上这种跳跃性的思维。

"你身上的这件毛衣，"她指向乔沛凝身上的毛衣，"这件黑色的毛衣，如果它尘封已久，却依然合身，你还会拿出来穿在身上吗？"

"不试试怎么知道？"

"没错啊，乔沛凝。"清子苦笑一声，"它的确合身，也没有掉色。但你还是会注意到衣服上的尘埃，至少干洗过一次再穿吧。"

"没错。"乔沛凝承认。

"上面的灰尘是因为你把它丢在一边才产生的，这点我不怪你。但你不能假惺惺地再把它丢在一边，然后一遍……"清子握紧了拳头，敲向桌子，发出一声闷响，"……又一遍地去担心灰尘，为什么不想想自己呢？"

"我……"乔沛凝被清子问得慌了神，"我不知道。"他只能这么答道。

　　"因为你觉得那是一件合身的毛衣。"

　　乔沛凝想了好久也不明白："你的意思是，我对你的关心，是假惺惺的，我想着的只有我自己？"

　　"你我都是凡人。"她没有接乔沛凝的话。

　　"什么？"

　　"我们都是毫无热情，随时会被抛弃的平凡人。"清子的声音变大了。

　　"我不明白。即使不是平凡人，那又有什么了不起的？"乔沛凝有些恼火地回答。

　　"你不懂……你不懂。"她像是受了什么打击，手肘撑在膝盖上，抱着头。轻轻地抽搐，像是哭了。"无论是此刻，还是未来的某一刻，你绝对不能把我忘记。"

三

乔沛凝记得清子对他说过，对一个人最好的爱就是在适当的时候选择放弃他。

下午，乔沛凝和清子走在家门外的小路上，正值一天当中太阳最晴明的时候，有邻居牵着小狗从他们身边经过，小狗对着他们吠个不停，主人收紧了牵引绳，小狗依旧龇牙咧嘴拼命想要冲出束缚，好像下一秒就要扑上来。

"狗仗人势。"乔沛凝小声呢喃，他打心里不喜欢叫唤个不停的小动物。

乔沛凝和清子走得很慢，是刻意为了聊天而放慢了步伐。

"你这话怎么不和人家当面说，在一边小声嘀咕算什么本事？"清子问道。

"我讨厌这些不管教好小动物的人。说来也奇怪，人为什么要无缘无故照顾一个小动物一辈子?"乔沛凝的话语充斥了不满的情绪。

"每个人都需要陪伴，他们双方都付出了时间成本，不是吗?"清子反问。

"我们认识几年了?"乔沛凝问。

"两年? 我也记不清楚。"清子慢慢悠悠地向前走着，早上的时候刮了一阵风，本来被堆好准备装进垃圾袋的落叶又被风吹到了小路上。踏在不同颜色的有湿有干的落叶上，鞋底和树叶之间发出沙沙的声音。"时间过得很快。"清子对乔沛凝说，脖子上围着的灰色围巾刚刚好卡在下巴下面，尾部的毛线跟着风轻轻摆动。他们走到家旁边的小公园，有些孩子在里面奔跑，相对于动物的吵闹，乔沛凝觉得孩子的嬉闹声简直太悦耳了。

"是啊，好像昨天才踏上这片土地。"

"你能适应这里，纯属巧合。"清子蹲下身子，捡起一片落叶，那是一片残枯又潮湿的黑叶子。清子皱了皱眉头，把它抛到了别处。

"确实是巧合。"乔沛凝低头看着玩弄树叶的清子，"但是我觉得这个巧合带给我的变化挺多的。"

"嗯?"清子抬起头，"比如呢?"

"我不再像以前一样，一样天真。我学着去接受许多我曾经厌恶的人和事物。我应该……还有很多变化，环境真的能改变一个人很多。"乔沛凝给了一个模棱两可的答案。

"我不这么想。我觉得环境从来就改变不了一个人。你今天讨厌的小狗，明天见到你还是会一样地吠，你还是会一样地厌烦。"清子斩钉截铁地说。

"或许我们天天见面，它跟我熟悉了，就不会再对着我吠了。"乔沛凝说。

"你讨厌它，并不完全是它会对着你吠。如果你打心眼里厌烦它，哪怕是它在你面前耍起杂技，尾巴摇到开花，你也不会转变对它的看法的。"清子说。

说完，她站了起来，用手指戳了戳乔沛凝的胸口。

"到了这个年纪，你是什么样的人，已经定型了。环境既不能起到决定性的作用，也不能作为你成长的催化剂。"清子说，"长大就是一个累积仇恨的过程，而成长是一个习惯绝望的过程。"

"我觉得事实比你说的要好得多。"乔沛凝说。

"什么是事实呢?"清子问。

什么是事实呢，乔沛凝思考着这个问题，眼神不自觉地望向了远处的棒球场，空荡的棒球场四周长满了杂草，好像很久都没有人使用过了。棒球在浅水明显地不受欢迎，但乔沛凝不可能忘记他参加的最后一届高校联赛。

苦战到九局下半，对方穿着深蓝条纹制服的4号击球手打出了一记漂亮的"再见安打"赢得比赛。身职右外野的乔沛凝弯腰扶着膝盖，汗水浸湿了宽大的手套，他很累，觉得喘气都带着血腥味。对方球员在内野发了疯一般地庆祝，乔沛凝知道最后一手胜负与自己无关，可失落的情绪还是萦绕在他心头。他把手套解开，重重地摔到地上。

"他妈的。"乔沛凝精疲力竭地咒骂道。

乔沛凝明白时间不会倒流，可如今望着空无一人的棒球场，那时候的失望和痛苦好像没那么明显了。但不知道为何，他感觉比那时更累。乔沛凝此刻觉得清子说得一点没错，痛苦的事情变成回忆后，就会慢慢开始习惯，不甘与无奈像一阵清风飘过，消失于无形。

"总有些伤疤是不可痊愈的吧。"乔沛凝回答清子。

清子摇摇头，止住了脚步，回头看着乔沛凝说："我很感谢你这些年的照顾。"她顿了顿，"但或许我的生活中没有你，我会解脱得更快。"

"……"乔沛凝愣在原地，一时不知道要说些什么。

"我们还能从头再来吗？"清子咬了咬嘴唇，"我分不清爱与被爱的关系，在我分清楚你是否爱我和我是否爱你之前……我觉得我一个人会好些。"

"得了吧！"乔沛凝一脚踢飞身旁的树叶堆，树叶飘了一地，裤子也被树叶上的露水沾湿了，"好事你一人全占了，我一直在迎合你。"

"不是的，不是的。"她慌忙地解释道，"我只是太爱你了，所以面对这一切，我不知道如何是好。如果你爱我，你就应该趁早放弃我。"清子习惯性地叹了口气。

悲观到什么样子的人，才会滋生出这样的想法呢。无论是从故事里，还是从平时人们的叙述中，爱一个人，一定是要穷尽一切方法在一起的。

他们坐到棒球场的看台，远处有几只坐着发呆的野鹅，它们从不害怕人类，但若有人惹了它们，就会被啄得相当狼狈。

"刚刚的话，就当我没说。"清子开口。

"你没有权利劝我放弃。"乔沛凝说。

"每个人都要面临分别。或因为生老病死，或因为天灾人祸。"清子低头小声说。

"不是所有事情都要做最坏的打算!"乔沛凝语气变得强硬起来。

清子靠过来:"我只是时时在担心,你会突然离开我。一瞬间消失在我的眼前,我不敢想象那时的我应该怎么办。我没有做好准备去应付没有你的生活。"

乔沛凝伸出一只手搂住清子,想要说些安慰她的话,但说出口的又是另外一些话:"逃避不是解决问题的方式。结果比过程更加重要吗?那人活着的意义是什么?"

"不停地逃避……毫无意义。"

"你也知……"乔沛凝不知道为何突然哽咽住了。

清子推开乔沛凝搂着她的肩膀,转而抱住乔沛凝。乔沛凝被这个冰冷的女人抱住,觉得头顶悬着一块运行时速异常的钟,清子紧紧抱住乔沛凝,好像一松手,那时间就会将他们吞噬。

"你其实也很孤独吧。"清子悄悄地在他耳边说。

眼眶里的泪水不知道是怎么产生,也不知道是怎么流出来的。只是乔沛凝哭了，泪水不停地流。他有一个疑问：爱究竟是怎样的呢？是不求回报，还是互相利用？是两情相悦，还是彼此需要？他分不清其中的从属关系，只觉得自己是世界上最缺爱，最轻易就会被遗忘到一边的人。乔沛凝认为，若真有上帝，在审判日点名的时候，他既不会下地狱，也去不了天堂，他只会被遗忘在某个虚无的角落里。

"你比我更孤独。"他对清子说。

再相爱的情侣，也有因为长期积累的矛盾而产生分歧的那一天。在清子看来，即使是有矛盾立刻解决的一对，也终究会分道扬镳。爱不仅仅经不住考验，它经不住所有的测量，没有任何逻辑可以验证爱的存在。在双方必然知道最终会分开的前提下，早早地放弃对方，是对对方最好的结果。

"把我还能拥有的最好的一面，展现给你。"清子说，"然后带着对我最好的记忆，活一辈子。"

"我会的。"乔沛凝毫无迟疑地答应下来。

"那你答应我一件事情。如果某天，我递给你一把刀，要你捅我的时候，"清子不慌不忙地说，"你还能像今天这样抱紧我，并且毫不迟疑地捅进去。"

"你在说什么?"乔沛凝有些慌张。

"最后的礼物。"清子吻了一口乔沛凝的额头。"血液应当是我最真挚，且唯一温暖的东西了。"

四

　　阴暗的楼梯间内堆满了杂物，墙角的黑色垃圾袋散发出腐烂的味道。

　　池代龙坐在楼梯上，令人作呕的味道不时传进他的鼻腔。他吸了吸鼻子，皱起眉头，这么多年的老鼻炎在此刻终于发挥了些微乎其微的作用。一旁的同事就没有那么好受了，蜷缩着身子，脸上写满了痛苦与疲倦。脚边的两个塑料袋里装着的是吃剩下一半的面条外卖，面条已经坨了，面汤上漂着几片葱花和油星，池代龙胃口不太好，这不能怪他，这楼道着实不是理想的进食环境。

　　他在口袋里摸了摸，摸出火柴和一包烟，小心翼翼地擦燃，明亮的火光瞬间照亮楼道的一个角落，但只维持了几秒钟。池代龙摇了摇烟盒，递给同事最后一根烟。

"发财烟，给你了。"池代龙的声音压得很低。

同事摆了摆手，指指自己的胃，表示自己现在直犯恶心，抽不了烟。

池代龙已经在这儿穿着便衣蹲点一个星期了。楼下的住户经人举报，是做着非法勾当贩卖一氧化二氮的年轻人。楼下黑色塑料袋里装满了金属小罐子，一提起来就发出叮叮咚咚的金属撞击声。池代龙不清楚房里住了几人，但他知道他们不仅制作，也同时使用这些害人的东西。现在的年轻人，自制力差，只要是感觉爽的东西都会义无反顾地尝试。

池代龙也在酒吧带走过几位吸食一氧化二氮的年轻人，这些游离在法律边缘的软毒品，吸食者顶多算违法行为，遇到年纪轻的，批评教育两句就打发回家了，胆子小的，一般不敢再犯。池代龙觉得他们算半个受害者，不懂事而已。但无论是哪国的法律都会严惩传播制造这些东西的人，这些人是施害者。是正义感和责任感让池代龙持之以恒地蹲在楼道里一个星期，池代龙对浅水这个生他养育他的地方爱得深沉，他希望浅水的水是干净且清澈的水。

"他妈的，已经蹲了一星期了，这孙子不用吃饭，不用出门的吗？"一旁的同事凑近了对池代龙说。

"小点声。"池代龙呵斥道。

浅水是个很安全的地方，从池代龙上岗到现在二十多年，他接手的案件少之又少，大部分的报警电话都是小打小闹的案件，邻里纠纷、鸡鸣狗盗，诸如此类。

"我们是警察，怎么跟做贼一样，天天蹲在楼道里。"同事抱怨道。

"你懂个屁，没有耐心怎么破案。没事别跟我对话，带你来不是让你聊天的，我们在工作。"池代龙又训斥道。

池代龙的同事同时也是他带的徒弟，池代龙再有几个月就该退休了。被训斥后，徒弟才开始严肃起来。池代龙望着徒弟年轻稚嫩的脸庞，想到他之后也会变成满脸褶子的老油条，不由得心生一丝怜悯。他抬手轻轻拍了拍徒弟的肩膀，徒弟看了他一眼，向他比了个拇指。

"我说。"同事又开口了，池代龙的眼神一下变得咄咄逼人起来。

"正事，正事。"同事说，"我们直接去敲门不行吗？让他配合一下工作，直接搜查家里，不是人赃俱获？"

"我求你饶我一条老命吧，我们没有搜查令，就凭一条线索闯进去？真要像你说的那样，人赃俱获还好，要是线索有误，怎么办？"池代龙回答。

"怎么办？"徒弟问道。

"电视剧看多了？你告诉我怎么办。被人家上诉，你帮我出庭？这还是小的，万一推门进去是个大贼窝，给我们绑了怎么办？你行行好，让我赶紧退休吧，之后你想怎么来怎么来。"

"可是……"徒弟还想狡辩，池代龙在这时堵住他的嘴巴。

楼梯间里传来微弱的脚步声，脚步声越来越近，池代龙聚精会神地听着。徒弟也紧张起来，不由自主地狂咽口水，咕噜咕噜的声音从嗓子眼传来。脚步声越来越近，池代龙听出那不止是一个人的脚步声，而是两人。这两人没有对话，三步并着两步，脚步声很急促。紧接着传来的是钥匙开门的声音。

一旁的徒弟瞬间起身向楼下冲去，还没等池代龙按住他，他就已经冲到楼下，口中大喊："站着别动，警察办案。"池代龙紧随其后，短时间内，脑袋里已经过滤出最坏的结果和最佳的解决方案。

站在二人面前的是两个被吓得不轻，站在大门前不知所措的女孩。

"警察办案，请你们配合。"池代龙对她们说，他向徒弟递了个眼神，示意徒弟在这里看着她们，他自己则推开房门，向里面望去。

池代龙伸手打开房内的灯，明亮的灯光有些晃眼。池代龙半眯着眼睛，不大的屋子映入眼帘的都是些厨房用具。

"这里用来干什么的?"池代龙后退两步,问道。

"做甜品的厨房。"其中一个女孩开口说道。

"老实交代!"徒弟大喝一声,吓得女孩后退了一步,"有人举报你们在非法制作笑气。"

另一位个子稍高的女孩委屈巴巴地说:"我们才开始创业,只是尝试用了一些一氧化二氮,但效果不好,现在已经没人用这个裱花了。我们只试用了几瓶,剩下的都丢了,丢掉的还在楼道里呢。"

"什么样的甜品店一星期只开工一次?"池代龙问道。

"我们只接团队订餐……"女孩回答。

"是的,是的。"一旁的女孩附和道,"一定是楼下邻居举报的我们,有的时候遇到加急单,我们就要半夜开工,他之前气恼恼地上来敲门,说要举报我们什么的。"

"闹个乌龙。"池代龙呼了口气,心情竟然有些愉悦。

"万一只是打着做甜品的幌子在制作违法品呢?"徒弟依然不依不饶。

"不嫌麻烦的话,你可以自己进去看,真的只有厨房用具。"高个子女孩回答。

徒弟转身就要向房里冲,被池代龙拦住了。

"谢谢配合,如果实在要晚上开工,尽量把声音放小一些。"说完,他转头对徒弟说,"收队。"

临走时,池代龙顺带拿走了黑色塑料袋。回到车上打开,仔细端详,果然只有零散的几个是被打开的,大部分都是未开封的。他揉了揉脸,脸上的胡楂有些扎手。他转头对瘫在后座泄了气的徒弟说:"立功的机会不差这一次。走,吃个夜宵庆祝一下,然后回去开开心心值班。"

五.

乔沛凝被嘀嘀嗒嗒的仪器声吵醒，他好像很久没有呼吸一样，躺在床上大口大口地呼气。不知从何处来的冷气向他呼呼地吹着，这房间好像有点太冷了。他的身体很是疲劳，身边传来仪器的嘀嗒声，但乔沛凝身上也没有什么呼吸器一类的设备。乔沛凝尝试握着冷冰冰的病床扶手坐起来，但是失败了。床边的窗户看上去很严密，但把手放在上面还是能感觉到阵阵热浪，这是夏天的气温。乔沛凝努力用手摸到床头台灯的开关，并打开了它，微暗的蓝白色的灯光对他没有丝毫帮助，但至少他在床头柜上发现一个米色的文件夹和一张照片。

文件夹很薄且上面没有任何注释，里面只有一张被揉皱了又整理平整的A4纸，乔沛凝从文件夹里拿出那张纸，很快就愣住了：

死亡记录

姓名：清子

性别：女

年龄：23 岁

职业：不详

入院时间：20××-0×-××

死亡时间：未知，初步推断于车祸不久后

死亡原因：未知，初步推断下腔静脉破裂出血

初步尸检：

1.腹部闭合型损伤，创伤性脾破裂，创伤性肝破裂

2.右侧多发性肋骨骨折伴气胸

3.后纵膈水肿

4.下腔静脉破裂出血

乔沛凝揉了揉眼睛，如果这是一场恶作剧，未免有些过分。

"有……人吗?"乔沛凝发出嘶哑的声音。

喊了几声后，他发现自己处于半脱水的状态，再这么喊下去，嗓子非要报废了不可。借着微弱的蓝灯，他无意中瞥见自己的双手有些不对劲，乔沛凝小心翼翼地摊开双手，触目惊心的场景映入他的眼帘。

"杀人!"他的左手手心用马克笔歪歪扭扭地写着两个大字。

乔沛凝颤颤巍巍地读出这两个字，房间里的灯瞬间亮了起来，刺眼的光令他下意识闭起了双眼，待他慢慢睁开双眼，房间里的景象这才完整地呈现出来。

正对着床的墙上贴着许多照片，大部分像是案发现场的取证图，其中最明显的是乔沛凝本人和清子的证件照，两张照片被放大了贴在墙的正中间，一道红箭头从乔沛凝的照片上画出，连接着清子的照片。清子的照片上画了一个大大的红叉，他自己的照片下方则写着"本案头号嫌疑人"。

乔沛凝睁大眼睛看着眼前的白墙，强迫自己冷静下来，但心脏不断地激烈跳动着，身上的汗毛都竖起来了。

"你现在可以站起来了。"不知道哪传来的声音。

"谁?"乔沛凝慌张地发问。

乔沛凝快速环顾四周，先前看到的窗户是被封死的，房门也是紧紧闭上的，屋子里再没有第二个人。

"滋啦滋啦。"微弱的电流声传入了他的耳朵。

他这才发现这是通过类似录音笔的传声装置发出的声音。

"好好看看墙上的证据，你对此是否有异议? 所有细节都指向了你，你是杀死清子的唯一嫌疑人。"

乔沛凝觉得自己像是被千万根树枝穿心而过，这感觉好痛，痛到他想要一头对着墙撞上去。

"听着，任何以命偿命的惩罚方式，都无法洗清一个人的罪。死刑对于一个犯下大罪的人来说，是恩典，而不是惩戒。此刻你应该想着之后这一生怎样在赎罪中度过，而不是在想尽办法找理由原谅自己。"

这种感觉似曾相识：坐立不安的、无法割舍的、遗憾终身的、后悔莫及的。

他仔细端详着墙上的照片，上面有车辆的残骸，他一眼就认出那是他的代步车，残骸上的花白车漆他不会认错。其中几张照片近距离记录下了清子身上的伤痕，乔沛凝望着疑似清子尸体的照片，那凄惨的模样令他感到恐惧，而更令他恐惧的是，对这些照片里的场景，他并不是毫无印象，自己好像真的就在案发现场，杀死了清子……

六

深夜的浅水能吃到的夜宵，只有唯一一家设立在小巷子里的流动烧烤摊。烧烤摊的老板是一个聋哑人，自打池代龙当上警察没多久，他就开始做起这个行当，浅水的每个人都清楚他没有营业执照，但都心照不宣地默许了烧烤摊的存在，因为这里是他们下班收队后唯一可以填饱肚子的去处。这么多年，除非刮风下雨，巷子口总会传出孜然和辣椒粉混合的烤肉香气。

菜单的样式相当简单，荤菜一律三块一串，素菜一块五。想吃什么拿好了递给老板便是。

池代龙望着低头专心工作的老板，竟心生一丝妒忌。这也难怪，毕竟刑警是一个一天到晚要与人打交道的职业，话说得多了，自然就感到厌烦。

"我说，头儿。"徒弟开口。

"怎么？"

"蹲这么久，什么都没蹲到，白忙活一场。真他妈晦气。"徒弟抱怨道。

"想立功是吧？不差这一次。"池代龙笑笑。

"你有做过让自己后悔的决定吗？"徒弟问。

"太多了。实话告诉你，我最后悔的事情就是当警察。"池代龙回答。

老板端来了才出炉的肉串，肉串上面滋滋冒油，池代龙抬手向老板挥了挥，表达感谢。他不是很习惯身体有缺陷的人为自己服务，即使是收了费的。

"当警察有什么后悔的？"徒弟不解。

"你不知道我给多少人铐上铐子，其中的心理压力你没办法想象。你得时刻提醒自己不要被周遭的环境影响改变。但不知不觉中，我还是变得比以前更加暴戾，更加冲动了。"池代龙回答。

"这是履行责任的必要代价啊。"

"你说得没错，但人心之恶是打击不完的。"池代龙叹了口气，又说，"我小时候的梦想可不是当什么警察，想都没想过。"

"你小时候的梦想是什么？"

"我小时候就想当个兽医。"

"兽医？"徒弟被逗笑了。

"我先提醒你，兽医也是医生，救死扶伤可没有高低贵贱。小时候家里养了一只小黑猫，从来不挠人，我很喜欢它。"

"后来呢？"

"以前在农村，村里有一家人的孩子生了重病，久病不愈，家里人没办法请了个江湖郎中算了算，说是有什么邪祟之物在村里作祟，要将那邪祟杀死，将血放干服用，便可药到病除。那家人把村子翻了个底朝天也没有找到什么邪祟之物，最后将目光放在了我家那只黑猫身上。他们说，黑猫不吉利，能通灵。那家人找了个我家人不在的下午，用一把干草叉，当着我的面，插死了那只小黑猫。"

"我的天。"徒弟惊叹道。

"我知道，放在现在的社会很难理解对吧?"

"你家人不跟他们拼命吗?"徒弟又问。

"还没等我家人回来，那小孩就断了气，那个江湖郎中早就跑得没影了。我父母觉得，人家也是久病乱投医，说到底也是可怜人，就没有再去计较了。比起失去一个孩子，可能猫的生命没有那么珍贵吧。"

"所以你才想当一个兽医?"

"没错。我记得那天我抱着小黑猫的尸体快哭断气了，心里暗暗发誓将来一定要把它救活，我把它埋在村后的小溪边上，没人知道，它现在还睡在那里。"

池代龙一边说着，一边吃着手里的串，这件事情已经过了太久，当初的伤疤早已经愈合。

"等长大一点吧，我发现当兽医不仅仅要给猫狗看病，什么牛啊，马啊，猪啊你都得看病，还要会接生，我就知道我干不了这个。"池代龙说着说着，把自己逗乐了。

"不打紧，你现在做的事情本质上也是救死扶伤。"

"谢谢你这么说。"池代龙微笑着说，"你呢？小子，你有什么后悔的事情？"

"说起来挺不好意思的。"

"都他妈老爷们儿，有什么不好意思的。"

徒弟喝了一口水，抿了抿嘴唇，娓娓道来。

"你也知道的，我不擅长和女人打交道，在队里都不怎么和女警察说话。"

池代龙点点头。

"我小时候就更腼腆了，上学那会儿都不敢正眼看同班的女生。如果在狭窄的楼道里，女孩迎面走来，我都会低着头望着脚下的水泥地快速通过，好像犯了什么错一样。如果是结伴的女生，有时候还会听到她们咯咯的笑声，说实在的，我那时候有些惧怕女生。"

"想不到你这阳光大小伙居然怕女人。"

"别拿我寻开心了。我小时候个子高，被分到了教室的后排，那时候我们一人一座。我向来不是一个好学生，调皮捣蛋，上课的时候多半在睡觉。我坐的角落基本上是晒不到太阳的，但天气好的时候，夕阳会透过云层照亮大半间教室，而那阳光最充足的地方，坐着一个女孩。每当我睡醒的时候，那橘红色的夕阳刚刚温润了我的眼眶时，第一个映入我眼帘的，就是那姑娘的背影。不知道从何时开始，我每天除了睡觉，就是趴在课桌上偷瞄那女孩的背影。她有些近视，但没有戴眼镜，所以写字的时候眼睛离书本很近，从我这里看，只能看到她高高的马尾和五颜六色的卫衣帽檐。慢慢地，我知道了她所有衣服的颜色，甚至是她扎头发的头绳，在我脑袋里都有一个分类。我也不知道我记下这些东西干什么，听起来很奇怪吧，哈哈。"

"很多人在学生时期都暗恋过别人，这很正常。"

"我不觉得那是一种暗恋，我觉得当时的我并没有'喜欢'这个概念。到了现在这个年纪，这种行为多少有些变态，可在当时，我就是乐此不疲地看着她的背影。她若是生病缺席了，那座位上空无一人，我就会变得六神无主，好像一天都白过了一样。如果是体育课结束，她会脱下那厚重的校服外套，汗水会从她的鬓角流下，在夕阳的照射下晶莹剔透，我当时觉得美极了。"

"她知道你每天都在看她吗？"

"你听我说完。虽然我每天都这样望着她，可我从来都不指望她会回头，更不要说和她说话了。我有些惧怕，我惧怕她一旦回头，一切都被打破了，我再也不能傻傻地望着她，我只想维持现状。"

"她回头了，是吧。"

徒弟点点头，说："也许是无意间透过小镜子发现我的视线，也许是有其他坐在后排的女生跟她说的吧。有一天，她突然回过头，直勾勾地盯着我看，我被她突如其来的回头吓了一跳，眼神甚至来不及闪躲，就被她的眼睛牢牢地锁定了。我当时真想挖个坑把自己埋了，我那时心脏跳得特别快，一定是脸涨得通红。虽然是班里每天都能看见的同学，但那感觉好像第一次遇见她一般。自打那时起，每当我偷偷摸摸盯着她看时，她好像背后长了眼，仿佛能感受到我炽热的目光，立刻回过头，冲我咧嘴一笑。"

"遇到对手了。"

"我可不是她的对手。我们俩就这样熟悉了，但还是不怎么说话，这多半是我的原因，只有在班里没人，或者放学的时候，才能有一句没一句地攀谈上。她对我说的第一句话就是：'你怎么老盯着我看啊，我背上有什么东西吗?'我不知道怎么回答，支支吾吾地不敢作声，她凑到我耳朵边，轻声对我说：'我其实还挺喜欢你这样盯着我看的。'"

他顿了顿，又说："从学校离开那天，她用手捶了捶我的胸口，对我说：'我还挺喜欢你的，如果有机会，我想找个像你这样的男朋友。'毕业之后，她没有继续深造完成她的学业，而是去了×市打工。我们现在还保持着联系，后来我才知道，她有一个妹妹还在读书，成绩比她好一些。她家里的经济条件一般，家长决定让她提前步入社会，挣钱资助她妹妹上大学。"

"唉……"池代龙叹了口气。

"她从来没有跟我说过她在×市做的什么工作，但我能感觉到她的压力很大。有时半夜喝得醉醺醺带着哭腔给我打电话，发生了什么事情也不肯说，还未等我开口问她，就挂断了电话。"

"你们后来见过面吗？"

"有时会见面，她有时会来找我。多半时间，我都是在听她讲话，她说她在×市没有朋友，过得很不开心，我也不知道怎么安慰她。不知道从什么时候开始，她开始向我借钱，借的虽然不多，但我那点实习工资有一半都给她了。我也不想去听她那些借钱的理由，只要她开口，我都会给她。我从来没指望她还过，我有一个说出来肯定会被你批评的想法，我觉得那些钱是她应得的。"

"傻小子，她那是拿你当备胎呢。"

"我不在乎。每次与她分别时，她都如同当年一样，握拳轻轻捶两下我的胸口，那脸上真挚的笑容是不会骗人的。慢慢地，我心中甚至有些期许她来找我要钱，我很害怕，我害怕有天她突然不联系我了。钱好像成了我跟她直接绑定的纽带，是不是听上去有些病态，但说真的，我只想看到她开心的样子。"

"不知道该骂醒你还是心疼你，你是爱上她了。"

"如果这叫爱，也应该是一种病态的爱吧，这种病态中掺杂着对我自己和她的怜悯。我觉得我可能太孤独了，我从未思考过这个问题，太复杂，太深奥了。"

"所以你最后悔的事情是什么呢?"

"我最后悔的事情是遇见了她。"

七

天色已晚，被包围在居民楼之间的警局亮起了明亮的灯光。

池代龙和他徒弟的办公室设置在了一层最里面一间，这也是警局为数不多的有两面窗户的房间，池代龙看上这房间好久了，一直熬到上任退休，他才搬进来。他之前的办公室太过老旧，要用全身的力气才能稍稍推开那生了锈的铁窗，同房间的几个小畜生要是再抽上几根烟，不通风的房间瞬间就烟雾缭绕，每天熏在二手烟之中，池代龙的警服慢慢就带着一股难闻的烟味，这要再赶上夏天，混上汗臭味，那滋味不是一般人能受得了的。那时，他忙完手上的活儿，就会在烟雾中望着头顶那忽明忽暗的白炽灯，思考上许久。他想着等到哪天他混成老资格了，一定要搬进一个舒服些的房间，把那些小王八蛋留在这房间里熏成腊肉。

当初的愿望已经实现。池代龙坐在有着两扇大窗户的奢侈房间里，从窗外吹来的晚风让室内充溢着新鲜的味道。他处理完手上的事情，抬头望着重新刷过漆的天花板，明亮的白炽灯再也不会闪烁，似乎一切都在变好。他还保留着仰头思考的习惯，他现在只想着赶紧退休，越是这么想，那嘀嗒行走的时钟好像减了速一样，走得越来越慢了。

那天对着徒弟他还是说谎了，他最后悔的事情并不是那只小猫。他望向天花板上静止的风扇，脑袋里一遍一遍重复播放着当年那件事的剪影，一幕幕场景在他的眼眸中闪现着……而那静止不动的天花板仿佛开始旋转起来，将他慢慢拉入记忆的漩涡当中。

故事发生在十几年前的浅水，池代龙已经不记得确切的年份了，但那天他永远不会忘记，七月二十二日，一个炎热的夏天。一个万里无云的大晴天，正午的阳光疯狂地散发热浪，在室外的人们忍受着紫外线一波又一波的洗礼。池代龙和他的同事们蹲守在这个路口已经好几天了，他们在蹲守一个飞车抢劫团伙。这个从隔壁城市跑来的团伙，起初只是小打小闹，骑着摩托抢学生兜里的手机，他们只挑那些边骑车边听音乐的，耳机塞在耳朵里，既根本无法察觉从后方逼近的摩托，同时也方便他们确认手机的位置。随着时间的推进，他们的胃口越来越大了，慢慢地把目光转向了成年人，那个年代还没有电子货币，人人兜里都揣着一定数量的现金。

池代龙和他的同事们慢慢摸清了他们的作案规律——每次作完案，就会跑到其他地方销赃，等钱花得差不多了，又会折回浅水作案，抢劫成功后，会直接驾着摩托离开。因为案件发生时间不可预测，警方只能采取蹲点的办法，在离开城市的必经之路布下警力。池代龙和他的搭档分在了一条小路上，劫匪通过这里逃离浅水的概率较小，所以分配的资源只有一个破胎器，一辆面包车，池代龙和他的搭档以及两名民警。

在那样的酷暑天气下，大地上没有一丝阴影，连一只飞虫都飞不过浅水警方的视线。如此高温的天气下，池代龙的背后形成清晰可见的盐渍，他莫名地紧张，即使同事们都觉得劫匪不会挑这样的时机明目张胆地作案。可偏偏随着对讲机里急促的通知声，他看到远处波动的热浪中出现了一个晃晃悠悠的影子，随着气流的波动，引擎的轰鸣声传入在场所有人的耳朵。池代龙眨了眨眼睛，几滴汗水顺着眼角滴落在地上……

"啪嗒，啪嗒。"

高度的紧张状态下，池代龙居然在嘈杂的城市噪声中听到自己汗水落地的声响。那道影子逐渐变得清晰可见，一辆摩托车向着他们的方向疾驰而来。池代龙攥紧了手中破胎器的绳子，心中估算着摩托车到来的时机。

"咔。"

在摩托车抵达前的一瞬，他拉下了绳子，尖锐的钉子瞬间弹出，高速行驶的车胎瞬间被放了气，速度急促地下降，因为车速太快，加上受到了惊吓，劫匪显然慌了阵脚，控制不住手中的方向，摩托车在路上划了一道长长的S形，橡胶与柏油马路摩擦发出了刺耳的声响，随后车辆翻倒在路边，两人摔倒在路边。与此同时，面包车挡住了前方的去路，民警冲上前去按住一名被甩飞出去的劫匪，他因为跌倒后剧烈的疼痛，暂时失去了行动能力，躺在地面上哀号。池代龙和搭档向前，尝试去制服另外一个情况稍好些的劫匪。

"别动！双手抱头！趴在地上！"池代龙大吼着，巨大的唾沫星从他口中奔涌而出，他边说边用手在身侧摸出了手铐。池代龙还记得，那手铐在高温的炙烤下，热得发烫。

那人在地上用诡异的姿势蠕动着，说不清是痛苦，还是在尝试抵抗，巨大的摩托头盔遮挡了他的脸庞，无法识别出他的神态。搭档比池代龙先一步来到劫匪身边，他俯下身去，用膝盖狠狠地压制住了劫匪……

池代龙快速上前，准备给劫匪戴上手铐，快速的跑动让他一时间岔了气，胸口的一阵剧痛让他迟疑了一秒钟，他的同事抬头望了他一眼，还没开口说些什么，刚刚还在蠕动的劫匪不知道从哪来的力气，挣脱了束缚，从口袋里掏出一把弹簧刀向他的搭档扎了三刀。池代龙下意识地上前阻拦，劫匪一挥胳膊，池代龙觉得自己的右肋被他击打了一拳，身体突然间没了力气。池代龙跟跟跄跄地向后退了几步，蹲在地上，他捂着被击打的部位，并没有感觉到疼痛，他觉得自己可能是又岔气了，努力地调整自己呼吸的频率。

"呼哧呼哧——呼哧呼哧——"池代龙大口喘着气。

现在躺倒在地面蠕动的人变成了池代龙的搭档，他倒在地上，用双手捂着伤口，来回地左右滚动着，鲜血从那些伤口中流出，浸红了他的衣服，鲜红覆盖了焦黑色的马路。那歹徒转向在地上打滚的搭档，提起刀子，要置他于死地。

他知道自己如果不做些什么，搭档可能会立刻死在歹徒的刀下。池代龙抬起左手，嘴巴想喊些什么，却发现自己几乎发不出声音，只有那嗓子眼微微的气流声，仿佛游丝一般。一股暖流从他的右肋渗出，池代龙低下头，望见血液飞快地从自己身上渗出，他感觉到自己的生命正在流逝，极度的恐惧瞬间充斥了心头。正当他尝试鼓起勇气，站起身子扑向劫匪时，大脑准时地接收到了疼痛的讯号，池代龙从未感到过如此的害怕，脑袋里的想法瞬间化为乌有，他愣在了原地。

歹徒举起刀子，在搭档身上捅下一刀又一刀，那脆弱的身躯剧烈地在池代龙的眼前抽搐着，鲜血从搭档的口中流出，身体却愈发地苍白，视网膜也迅速充血。池代龙不想去记住自己看到的场景，那身躯如同绽放的血莲花一般，除了鲜红的液体，再无他物。

那歹徒站起身子，摘下头盔，池代龙甚至不敢直视他的脸庞，在这高温之下，他竟打起了寒战。他全然忘记了自己作为警察的责任与义务，原本蹲在地上的他，一个趔趄，跪倒在了歹徒面前。这一举动让歹徒都愣了神，歹徒的瞳孔在收缩的一瞬，向池代龙露出了一个轻蔑的笑容，随后举起手，在自己的脖子上狠狠割了一刀，鲜血喷洒而出，有些甚至溅到了池代龙的头上。

池代龙跪在原地，久久都不能动弹。

事后，搭档被厚葬，而池代龙被授予三等功，在场的两位民警也受到了嘉奖。池代龙没有去质问已经控制住劫匪的两名民警为什么没有上前帮忙，池代龙和另外两名他并不熟悉的民警好像拥有心照不宣的默契似的，宣称他们迅速控制住了当时的局面。可每当池代龙望向颁给他的奖牌时，像是被一个纠缠不清的野鬼附了身，冷冰冰的恐惧感会立即萦绕心头。

他从不后悔自己贪生怕死的行为，他后悔的是选择了这个职业。

这件事池代龙从未和任何人提起过。

八

乔沛凝被咖啡店店主唤醒。

"醒一醒。"

"抱歉，我睡了多久？"

店主的神情严肃，与他陷入昏睡前判若两人，他冷冰冰地指了指电视，乔沛凝顺着他手指的方向看了过去。

　　本市晚间将遭遇特大降雨，据专家预测，
此次降雨将会是浅水有史以来的最大降雨，
请居民尽量待在家中，做好防范工作。

"这天气真是要人命啊。"店主忧愁地说，"你得赶紧回家去。现在，立刻，马上！"

乔沛凝站起身，感觉很是疲惫，他接过店主递来的雨伞，向门外走去。他握住门上的把手，用力地向外推，一阵狂风呼啸而过，将门狠狠地吹了回来。乔沛凝把雨伞夹在手臂与身体中间，用两只手用力推开一道缝，来不及向店主道别，艰难地从里面挤了出去。

乔沛凝撑起伞，狂风瞬间将伞卷得变形，他的身体瞬间被打湿，扑面而来的雨水从未如此讨人厌过，他吐了两口口中的水，丢掉了手中的雨伞，用手把前额的头发拨开，艰难地向家的方向行进着。他行进的速度很慢，脚边的积水越来越高，快要达到儿童游泳池的高度了。他默默在心中咒骂着，临走之前还赶上这样百年一遇的破天气。

整个城市宛若要被吞噬一般，水，水，到处都是数不尽的水，任凭雨这么下下去，浅水可能就要成为下一个亚特兰蒂斯了吧。狂风在水上形成一道又一道的波纹，好在那风是从他身后吹来的，伴随而来的是倾斜的雨。随着风的助力，乔沛凝在水中行走的步伐稍微轻松了一些，他想起小时候父母不让自己踩踏的积水沟，那积水仿佛有魔力一般，诱惑着他踏入，踏入，不断地踏入。他打小就有这个坏习惯，不管父母怎么样的责备体罚，他都要义无反顾地踏入那积水中，溅得自己一身脏水。好在浅水的水与其他地方不同，浅水的水是清澈的，每次降雨带给浅水的不是车窗上斑驳的泥星点，而是一次彻彻底底的洗涤。

再这样下去，浅水应该要改名了，他心里暗暗想着。

乔沛凝赶在天气变得更糟之前回到了家，他关上门，整个世界好像安静了许多。他慢慢褪去身上被打湿后沉重的衣服，直到自己一丝不挂。

乔沛凝很不舒服。

具体不舒服在哪儿，他自己也说不清楚。大概像是毛絮在床上飞舞，不小心飘到鼻子里；像是头发落在身体上，局部传来瘙痒；像是迟迟不肯落在身上的蚊子，在耳边嗡嗡作响。这些烦躁不安的事情都无法表达出他的不舒服，而此刻站在门内，思考自己为什么不舒服的乔沛凝，正在为自己思考这个问题而感到抓狂。

他慢慢地陷入自我矛盾的旋涡中，他觉得自己变得敏感又神经质，他全身的细胞都在上蹿下跳，让他感觉身体要分裂了一样。

"咿呀咿呀。"

从卧室里传来奇怪的声响。

"是窗户没有关好吗？"他这么想着，可他分明在临走之前关上了窗户。

"咿呀咿呀。"

他走进卧室，仔细聆听声音的来源。

"咿呀咿呀。"

原来是那窗户边吊着的空气凤梨被风吹得摇来摇去。乔沛凝走到窗户前却发现窗户关闭得严严实实，并没有漏风的可能性。

"咿呀咿呀。"

那声音又一次响起，这使乔沛凝有些畏惧，他不敢移动分毫。

"有人在吗?"

没有人回应,甚至连雨声都听不到了。

"他妈的。"脏话脱口而出,乔沛凝在心里把种种令他不舒服的事情怪罪于这该死的天气。

"咿呀咿呀。"

"你他妈能不能别吵了!"乔沛凝转过头,冲着那棵空气凤梨发起了脾气。

可紧接着,他就被吓破了胆,那原本放着空气凤梨的支架上多了一张照片。乔沛凝没敢直接去拿起那张照片,他隔空观察着照片上的内容:

白天的树林,阳光被树叶遮挡了许多,却也把森林照亮了。所有的树都立在水中,水面是静止的,但是每棵树的周围都有一圈水的波纹。这些树不像是长在树林里的,而像是被插进去的一般。

照片里没有人。

那照片仿佛有魔力一般,要将他吸入。像是他小时候最爱的积水沟，他好像要深深地陷入其中去了。乔沛凝的思绪变得空洞，他的眼神变得专注，喘着粗气，嘴巴张得很大，口水从嘴角流下，乔沛凝好像对那照片里的内容有莫大的渴望。

乔沛凝伸出手想要去抓那张照片，咫尺间的距离，却怎么也够不到。

"咿呀咿呀。"

随着再一次声响，那照片在他的眼前凭空消失了。

他愣了一秒钟，愤怒的神情立刻显现在他脸上。他一把抓起支架里的空气凤梨，用力扯去上面的一片叶子。

一股植物的香气先是从断掉的地方飘出，这味道倒是熟悉，这是它本身的味道。

他又扯去一片，手掌在拉扯中划破了皮，血液顺着叶子滴了下来。

香水味飘了出来，这味道他熟悉得很，清子用过这香水。

又是一片。

浓郁的咖啡味。

又是一片。

血腥味。

又是一片。

枯枝败叶的味道。

他疯狂地撕扯着，好像是这空气凤梨夺去了他最珍贵的东西一般，正常人看到这个场景，一定会觉得乔沛凝疯了。乔沛凝也确实没有控制自己，他的行为更像是一种本能。空气凤梨不一会儿就秃了，再也散发不出其他味道，他对那气味倒是格外在意，他将空气凤梨像个垃圾似的丢到一边，坐到地上，捡起被他扯下的叶子，一片接着一片，贪婪地嗅着。

"清子，清子，清子，清子。"乔沛凝的嘴巴里重复嘟囔着清子的名字。

直到那叶子的气味完全散去，乔沛凝才慢慢恢复了理智。

"我的天，我都干了些什么?"望着眼前的一片残骸，他心里这么想着。

乔沛凝不能原谅自己，他把清子留给他最宝贵的东西给糟蹋了。

他抱起刚刚被丢到一边的光秃秃的空气凤梨，目光呆滞。

"清子，清子，清子，清子。"乔沛凝又开始默念。

此刻乔沛凝终于意识到，自己是多么害怕失去清子。而清子可能真的要离开他了。

窗外狂风呼啸，浅水的雨水此刻无法洗涤他的心灵。

九

池代龙摸了摸自己的下巴，胡楂有些扎手。他拍了拍自己的脸，叮嘱自己万万不要再回想这些事情了。他无意中看见了自己的"奖牌"不知道又被谁摆进了橱柜里，池代龙苦笑，起身打开橱柜，从中取出那可能并不属于他的荣誉，拉开文件柜，随意地丢了进去。

池代龙离开房间，径直走向卫生间。这里才被打扫过，刺鼻的消毒水味虽不说能让人心旷神怡，此刻却给他一种无与伦比的安全感。他拧开水龙头，捧了一捧自来水，往脸上拍去。池代龙想要清醒一些，今天的工作还没有结束，他需要保持镇定。水花不断沾湿他的脸庞，池代龙闭上眼睛，仿佛自己的脸庞被别人按进了一个巨大的游泳池中。这一幕说不出来的熟悉，他小时候，家人送他去了一个游泳兴趣班。池代龙怎么也学不会憋气，在水下待个十几秒，他就偏要抬起他那高傲的头颅。他耐心地练习了三四天，没想到是教练的耐心先给磨没了，粗暴地把他的头按进水中……他呛了不少水，但总算是学会憋气了，可那之后，他再也没有游过泳。

在水下时，他觉得四周都是模糊不清的，未知的一片蔚蓝。池代龙觉得随着自己年龄的增长，他变得越来越胆小了。这份对未知事物的恐惧感，让他做人做事变得格外谨慎，正因为如此，所有人都觉得池代龙是个"优秀"的警察。只有他自己知道，在危机到来前，他的那份谨慎，不过是全身发软；双腿不断战栗罢了。

仅仅是一刻钟的工夫，那天空的晚霞就消失不见，随着一声轰鸣的响雷，瓢泼大雨从天空落下。

"到处都找不到你，原来在这儿啊。"徒弟气喘吁吁地走进厕所，手扶在门框上。

"找我什么事?"池代龙用手抹了抹脸，湿润的双手在衣服上抹了抹了事。

"出事了，出事了。交通事故。"

"你慢点说，交通事故那不是归交警管吗？"

"我们得快点到现场，可能是个恶意伤人事件，现场交警跟我们交代的也不是很清楚，只是催促着我们赶紧到，现在就等你了。"徒弟焦急地说，"你愣在那干吗？"

"又要加班了……"

他们坐上警车，向事发现场驶去。

雨刮器调到了最大功率都无法让车窗保持完全可视，他们只得稍稍放慢脚步。

"本市晚间将遭遇特大降雨，据专家预测，此次降雨将会是浅水有史以来的最大降雨，请居民尽量待在家中，做好防范工作。"车内广播传来了报道。

"这样下去可不行，不知道现场有没有被好好地保护。这么大的雨，细小的痕迹都会被冲刷得一干二净。"徒弟焦虑地说。

大约过了一刻钟，他们总算到达现场，各自换上醒目的雨衣。

他们身处较为偏僻的郊区，现场有一辆撞上行道树的车，发动机已经熄火，与树木发生碰撞的车体受损严重。池代龙走近观察，轮胎在道路上留下了肉眼可见的急转弯痕迹，碰撞似乎是有意为之。车内安全气囊已经弹出，驾驶员尚有生命气息，已经被送往医院抢救。副驾驶女性未按照规范系安全带，已经当场死亡。车辆前窗全部破碎，女性死者死状惨烈，半挂在副驾驶车窗上，池代龙初步判断，应该是在高速撞击下，车窗被震碎后，女子被甩出了车窗。其余地方暂时没有发现明显异常，报警的目击者是因为听到天气预报想要赶回郊区的家，高速公路封路，才选择走了这条郊外的小路，据他所述，在他抵达现场时，车祸已经发生了，所以他并不知道现场的具体情况。民警安抚了他的情绪，带回警局做笔录去了。

"貌似是个正常的交通事故，有哪里不对劲吗？"池代龙问交警。

"如果你不介意，可以凑近些观察。"

雨水不断淋洒在女人的身上，可尽管这样，池代龙凑近时还是闻到了一股浓浓的血腥味，他皱了皱眉头，她的脑袋冲着地面，只有几滴血液顺着头发流下，就快要流干了。在不破坏案发现场的情况下，他小心翼翼地托起女子的头颅，想要观察她的正面。他很快就对自己的这个行为感到后悔，那触目惊心的画面把他吓得瘫坐在地上。那是怎么样的一张脸啊，即使是像他徒弟一样无所畏惧的年轻人，此刻也是面貌惊惧，面色吓得煞白。

那是一张遭到过严重伤害后面目全非的脸，空洞的脸上甚至找不到一处完好的五官，奇妙的是，在场的所有人透过那可怖的脸庞，都仿佛能看见死者在生前的绝望与无助。池代龙坐在地上缓了好一会儿，他再次微微抬起女子，女子的身体与车门处隐藏了几个清晰的血手印，池代龙意识到女子在事发时并没有立刻死亡，她也不是因为撞击被"甩出"车窗，而是想要从这破碎的车窗中逃生，但还没有翻出去，就暴毙在翻越的过程中。

池代龙立刻在现场取证了照片，呼唤尸检科带回女子做尸体鉴定处理，务必要弄清楚死者与驾驶员的关系。忙碌了好一阵子，池代龙这才想起来刚刚脸色煞白的徒弟，从见到尸体那一刻他就没了人影，不知道在干些什么。

一旁的树丛中传来呕吐的声音，池代龙循声走过去。

"心理承受能力这么差？"

徒弟继续干呕了两声，向泥土里吐了两口口水，没有应答。

"这确实不是寻常案件，如果是刻意为之，这畜生干的是人事吗……你还好吗？"

"我没事，只是……"

"只是什么？"

"那女人的模样，让我感觉有些熟悉。"

"你别吓我，那张脸就是她亲生老妈站在她跟前，也不一定能认出来。这世道真是什么样的事情都有，你得打起精神，处理完这个案子，我就准备退休了。之后的工作如果你都这个表现，还怎么配得上警察的称号？"池代龙抓住机会训斥道，但他又意识到自己不一定有资格说这些话，他吸了吸鼻子，拍了拍徒弟的肩膀说，"我们回去，要等那个司机醒来才能开始下一步的调查。"

在回去的路上，两人一言不发，气氛格外的尴尬。池代龙想着，上帝如果没有跟凡人开玩笑，就让这雨水好好地冲刷这片大地，洗涤人们的心灵，这世上的苦难他已经见到得足够多了。一个古怪的问题在他脑中不断地闪烁着，既然人体结构的大部分都是水，那为什么象征着生命的要是那鲜红的血液呢，它为何不像水那样清澈？他很快就意识到了这个问题的可笑，他在电视里看到过，有一种在热带雨林里生活的青蛙，就是流淌着透明的血液。这鲜红的颜色，一定意味着什么吧。

他放弃思考这些复杂的问题，狠踩了一脚油门，激起的水花洒向四周。

十

乔沛凝哭得很难看。他好像心里被掏空似的。

生物是很奇妙的，我们很少为自己伤心。但每每在身边的人身上发生不幸的事情；他们受到了伤害，我们会比他们自己还要伤心。多数的伤心，来自内疚。这种伤心每发生一次，不愿再伤心的人们就会开始自我检讨，学着去照顾身边的人，学着去做一些平时不会做的事情。我们不愿意伤心地活着，可是伤心是在所难免的。

"如何逃避伤心呢？"乔沛凝在寻找这个问题的答案。

酒精是很好的逃避工具，但是酒精只能帮助乔沛凝逃避现实，不能帮助他逃避真相。酒精唤醒的，对于他来说，只是把他拉进一个又一个的旋涡，旋涡中的光景全是他与清子的回忆。

他想起和清子去过的一家酒吧。

棕色单人沙发能让人陷得很深很深，调酒师穿着统一的制服，和客人说话的时候，并不会面带微笑，却让人感到亲切。这是一家威士忌吧，店内循环播放着爵士音乐，背景墙上摆满了各种调味酒，很高很高，占满了整面墙。有趣的是，这些成百上千的酒加起来，也抵不上门口玻璃展柜里摆着的一瓶上了年头的轻井泽。调酒师在每位客人的面前摆上一些坚果，如果遇到坚果过敏的客人，店家也细心地配备了果干。

"今天喝什么?"调酒师对乔沛凝和清子说。

"展示柜里那瓶酒能喝吗?"乔沛凝问。

清子笑了笑，轻敲了一下乔沛凝的肩膀，说："等下人家真开了，你得在这刷一辈子酒杯。"

"那是我们老板的展示品，不对外出售的。"服务员解释道。

"我只是问问。随便来杯单一麦芽威士忌，加冰。"

"加冰可能会破坏口感。"

"没事，这大热天的，常温的酒实在咽不下去。"

"好的。"服务员低头记录下，和调酒师对了个眼神，调酒师便开始忙碌起来。

"女士？"服务员问。

"给我一杯水就好。"

"不想喝酒？"乔沛凝问清子。

"是啊。最近有些烦恼，身体也不舒服。"她闭着眼睛，用手撑着头。

"喝酒不就是为了消愁的吗？"

"没用的。"

"不试试怎么知道呢？"

"我试过无数次了，我这酒精过敏的体质，喝一点就满身通红。喝完以后晕晕乎乎，倒头大睡。自以为在睡梦中能把烦恼忘得一干二净，等到一觉醒来，发现烦恼没有解决，反而多了一项偏头痛的毛病。"

"至少能睡着呢。"

"你说的也是。"

清子向调酒师招了招手："给我也来一杯吧。"

调酒师很快就在桌上摆上两个杯垫，把乔沛凝点的酒放上桌子，动作娴熟地用一块布擦拭干净玻璃上的水珠，把杯子推到他们面前。

乔沛凝端起杯子，咕咚咕咚喝了两口，冰冷顺滑的口感顺着嗓子一拥而下。

"慢慢喝，慢慢喝，没有人催你。"

乔沛凝举起杯子晃动着，冰块碰撞的声音很是清脆。

"这酒还是自己喝着舒服最重要，什么加冰不加冰，如果我愿意，往里面加牛奶都行。对了，我说，你心中有什么不愉快？"乔沛凝问。

"没什么。"

"为什么从不和我说呢？"

"没有必要啊。"

"我们这样的关系，有什么不能说的，你看，我说了多少次，有什么事情说出来会更好解决……"

"我自己一个人能想通的。"清子露出疑惑的神情，摇了摇头。

"这样子不配合我也没办法呢。"乔沛凝拿起杯子又喝了一口。

"你一直陪着我就好了。"清子叹了口气。

"我只要求这个，其他你做什么都可以。"

"我会一直陪着你的。"乔沛凝放下酒杯，看着清子，"我会好好照顾你的。"

乔沛凝说不清她眼中究竟是失望还是激动的神情，只是每个应该敞开心扉的夜晚，都变成乔沛凝一个人自说自话的表演，在醉醺醺中不欢而散了。

"今天就你一个人吗？"乔沛凝才进门，服务生开口问道。

"怎么？"

"通常都是两个人来的。"

"发生了一些事。"

服务员愣在原地，好像在脑袋里盘算着到底发生了什么，他很快意识到自己不该多问，过了片刻，对乔沛凝说道："抱歉。"

"没事。"乔沛凝坐下身子，陷在沙发里，慢慢地深呼吸。

调酒师端上坚果，问道："今天要喝什么呢？"

"给我一杯她平常点的。"

"请问是哪个她？"

"什么哪个她？每次跟我一起来的，就是那个她。我见她有时会一个人来。"

调酒师和服务员对了对眼神，乔沛凝身后的服务员耸了耸肩，做了一个无可奈何的表情。

"给你来一杯威士忌酸可以吗？"

"可以。"

"好。"他轻轻地说，"你以后还会来吗？"

"为什么问这个？"

"只是单纯地怕失去一个经常来喝醉的客人。"

乔沛凝笑了笑："可能是最后一次来了，或许她说的没错，有些烦恼真的不是酒精可以解决的。"

"你说的是她啊。"调酒师微笑着对乔沛凝说，"我这才想起来你说的是谁。"

"这句话我就是跟她学的。有些烦恼真的不是酒精可以解决的。"乔沛凝皱着眉托着下巴，模仿清子的语气又说了一遍。

"有印象了吗？"

"哈哈，有了。"

调酒师像往常一样在桌上放上两个杯垫，乔沛凝向他打了个响指，示意他清子并不在这儿。但他端出两杯一模一样的酒，放在杯垫上，擦了擦杯子上的水珠，一杯推向乔沛凝，一杯推向旁边的沙发前。

"我只点了一杯。"乔沛凝表示疑惑。

"我知道。想着她在你身边，陪你喝最后一次酒吧。"调酒师平静地说。

"谢谢。"

乔沛凝拿起杯子喝了一口，他不是很喜欢这个味道，他觉得鸡尾酒是小孩喝的东西。

"清子真的一直都喝的这个吗？"

"是的。"

"我一直都不知道。"

"现在知道也不算迟啊。"

乔沛凝摇了摇头："太迟了。"

"不如以后这杯酒改名叫清子。"他说。

"别。"乔沛凝连忙挥挥手，"我真怕我忘不了这里。"

"人总要留个念想不是吗？"

"不，不。"乔沛凝继续拒绝。

"不难为你了。"他笑了笑，准备转身去做事情，却又回头对乔沛凝说，"对了，她一直说浅水森林，你知道吗？"

"浅水森林？什么时候？"乔沛凝愣住了。

"一般都是你喝醉的时候，清子会哭得稀里哗啦的呢。在你耳边大声地说想去浅水森林，不知道你有没有听到。"

"我……没有。"

"如果放不下的话，去那里看看也许会有帮助。"

"可我根本不知道浅水森林在哪里。"

"你不是陪她去过吗？"

"什么时候？"

"可能是我记错了，别着急，总会找到的。"

"把这杯酒端走吧，给我换成我常喝的，多来一点，这次不加冰了。"

"好的。"

乔沛凝抓起杯子，一口接一口，苦涩的口感让人止不住地去想一些伤心难过的事情。浅水森林到底是哪里，他鼓足勇气，想要去那里看看。他蜷缩着在沙发里，身体越来越放松，不一会儿就趴在桌上睡着了。

合眼前，乔沛凝好像看到清子拿起她的那杯鸡尾酒，一点一点地喝着。只是泪水不停地往杯子里流。

十一

    凌晨三点的钟声叩了三响，急诊室依旧灯火通明，池代龙望着那鲜红的"抢救中"电子牌不由得打了两个哈欠。那人似乎还没有脱离生命危险，一个邪恶的想法从池代龙的脑袋中冒出，若是他就这么死在手术室中，他就能安安心心地退休，回家安享晚年之福。因为这次案件的严重性，上级对地方警局频频施压，命令池代龙一定要对这唯一的破案希望严看死守。

    浅水虽然是个小城市，可一旦有什么风吹草动，瞬间就会弄得尽人皆知。池代龙安静地坐在座位上浏览社交媒体上本地人对此次事件的议论，大部分人在讨论怎么会出现如此丧心病狂的案件，一小部分人在网上散布谣言，猜测作案者的动机，有的说是因为情杀，有的说是要报复社会。好像人们总是比警察先一步知道真相，池代龙苦笑两声，望着紧闭的手术室大门，他又想起死去的搭档。

那件事发生之后，他们被第一时间送到了医院，池代龙比较幸运，刀伤只伤及浅层皮肉，简单地消毒包扎就出院了事。他那时也坐在如今的座位上，呆呆地望着手术室上的电子牌，他知道搭档的生命已经逝去了，还是选择呆呆地守在门口。那是一个陪伴他无数日夜的梦魇，他无数次梦到死去的搭档从急救室中苏醒，起身质问他为何那时愣在原地。他觉得这是一件很可笑的事情，这件可笑的事情间接把他变成了一个可笑的人。

他想过无数办法赎罪。他去拜访过死者家属，他清楚地记得那天痛哭流涕的死者妻子紧紧拉着他的手，感谢他陪同搭档奋斗到了最后一刻。他尝试找到自己的信仰，去寺庙烧香拜佛，寺庙的僧人要赠予他一张保平安的咒符，他拒绝了，他傻傻地站在大院当中，望着那只趴在佛像前眯着眼睛打盹的猫，看了好久好久。

所有人善意的举动，在池代龙看来都是对自己的谴责。池代龙就这么浑浑噩噩地活着，给自己留下一个没有解的问题。

回忆，回忆是个折磨人的东西。

池代龙揉了揉微红的眼眶，拍醒了一旁打盹的徒弟。

"走，出去吃点东西，放放风。"

"我们不用守在这门口吗？"

"没事的，我们走不了多远。"

他们找了一家开在医院对面24小时营业的快餐店，店内没什么人，睡在门外的流浪汉打鼾的声音此起彼伏地传入店内。池代龙随意地点了两个套餐，自己要了一杯咖啡，找了个安静的角落坐了下来。

"怎么不吃东西？"池代龙问。

"看了那场景，实在没什么胃口。"徒弟手上捏了一根薯条，将它扭来扭去，折成了两段。

"总得补充点能量，不然哪有劲干活儿呢，我可不希望医院里的那位才醒，紧接着你又被推进去。"池代龙拿起徒弟面前的汉堡，亲手帮他打开了包装纸，递到了他面前。

徒弟点了点头，接过汉堡，咬了一口，说："这么说起来，医生真是个辛苦的职业。"

"确实。"

"人们天天在强调罪有应得，我们要惩恶扬善。可哪怕推进去的是个多么十恶不赦的人，他们也要想尽办法地救治，这是为了什么呢?"

"正义不是由你来判决的，医生的责任是救死扶伤。永远要记住，先是死亡和伤病，再是善恶。"

"这种主次关系不觉得矛盾吗，难道不是因为善恶主宰着死亡和伤病吗?"

"你能断言杀人犯就是邪恶的吗?"

"……"

"我不是在替凶手说话，只是单单将杀人犯定义成完全邪恶的人，未免有些片面了。我们在盘查犯罪嫌疑人时，很重要的一点就是找到他的犯罪动机。这对大多数人来说，对大多数生物来说，都是管用的。大部分人，包括你我，做一件事之前，脑袋里会先产生一个想法，身体收到大脑的信号，才会付诸行动。"

"想法？"

"你可以理解构成犯罪的理由。好比动物捕猎造成的杀戮，是为了饱腹。有的人杀戮的理由，是为了复仇。他们的大脑都给了身体一个无法拒绝的理由与信号。"

"刚刚你说大部分，那什么是小部分？"

"自然灾害？也可以是一个疯子，一个疯子脑袋里呈现的是完全不同的景象。"

"那么一个受他人指使杀人的人呢？"

"你可以说他的行为是邪恶的，但他的本意不是。"

"我分不清楚。"

"老实说，我也分不清楚。所以我们才需要法律，一套准则来代替我们思考。"

"所以，警察这个职业，与其说我们在行使正义，不如说我们只是执行正义的一个过程。"

"我没办法不认同，但我也无法完全认同。"

"……"

这话题就这么不欢而散了，但二人有默契地相视一笑，好像在为自己进行了什么不得了的对话而暗自庆幸着。

"能有个人跟我谈论这些真是挺好的。"徒弟感叹道。

"为什么这么说?"

"我小时候一度被诊断为自闭症。"

"一点也看不出来呢。"

"所有人都是这么形容我的……虽然字眼不一样。同学喊我怪物，老师喊我无可救药的差学生，医生喊我患者。我知道，一个少数派，一个跟正常人不同的人，一个在社会挣扎不了的人。一个未被人们所接受的观点是，少数不代表劣等，往往少数意味着更优秀。那时，我说在我自己的世界里，我在城市的喧嚣和宁静中寻找平衡，我会被窗外的落叶吸引，直奔门外，想看它究竟飘到了哪去，有的时候是在课堂上，有的时候是在医院。"

"你能当上警察真算是个奇迹。"

"我不在乎别人怎么看我，但我还是刻意去逃离他们的视线，逃避和陌生人讲话。我想正是因为这种拒绝沟通，和在别人眼中怪僻的行为，才导致了同学和老师把我当作怪胎。从出生到现在，与我对过话的人一只手可以数得过来。这样的状态持续了很久，我觉得我不需要与人交谈也能活一辈子，每个人都有自己的活法，我们从不在乎其他人的生老病死，为什么当别人不想受到关注时，我们越要把他推向风口浪尖呢。这种厌恶人性的情绪充斥在我的心中，让我越发地孤僻。我的父亲为了让我重新拾起与人交流的能力，尝试过很多办法。他带我看过心理医生，可由于我的闭口不谈，心理医生干巴巴讲了半个小时后，就放弃了我这个患者。他一度怀疑我是否具备说话的能力，然后推荐我父亲带我去看儿童自闭症方面的专家。我只记得那个私人诊所的皮沙发是浅棕色的，书架上一本本关于心理研究的书籍在我眼中就像是笑话。没有人能彻彻底底了解一个人，单纯的人也好，不单纯的人也好，我甚至可以大胆地说出，每个人都是表演型人格，我们所做的，我们所想的，都是对自我本真的一种摧残和麻痹，我们在互相演戏，以为我们建设出了一个繁荣体，这个繁荣体非常内卷，优秀的演员向拙劣的演员不断收着学费，磨炼他们的演技，然后告诉他们，有一天你会变得和我一模一样。"

徒弟一口气说完，喝了一口可乐，盯着池代龙的眼睛，问："鉴定一个人是不是自闭症的方法是什么？"

"我不太懂，取决于能不能与人正常地沟通，正常地交流？"

"学术上把自闭症定义为言语障碍，人际交往障碍，行为刻板。"

"谁制定了这一学术呢?"

"没错，这个问题也一直在我心里待了很久很久，但我后来发现，我才不是什么狗屁自闭症，我只是懒得跟人沟通罢了。"

"可我看我们现在沟通得很畅快。"

"这不是我的演技越来越好了吗?"

"……"

"我先申明，我不是什么自闭症，那些医生完全是为了多一个病号胡说八道，我以前只是害怕与人沟通，自闭是我逃避的借口罢了。"

"你会因此自卑吗?"

"关于什么?"

"害怕与人沟通。"

"早就不了，我觉得每个人都害怕些什么，最重要的是自己去克服它。"

......

"你后来跟那姑娘怎么样了？还保持联系吗？"池代龙问。

"别提了。"徒弟叹了口气。

"吵架了?"

徒弟点点头，说："前几天又喝醉了，给我打电话，胡言乱语的。我本来就很疲惫，实在是没有听下去的心情，就把电话掐了。谁知道她不依不饶地又打电话过来，说什么诸如'你是不是特看不起我'之类的话。我有些生气，就冲着电话吼了几句。"

"你说什么了?"

"没错，我的职业就是比你的高贵，你知道我每天有多累，有多大心理压力吗？你不知道。我每天拼死拼活地工作，就是去维护一些看不见摸不着的东西，去保护那些我不熟悉的人，如果你不把这叫作高贵，我不知道你口中的高贵建立在什么虚无缥缈的东西之上。"

"……"

"她说，有什么高低贵贱之分，不都是为了活着。"

"后来呢?"

"她问我借五千块钱。"徒弟刚说完，好像被自己逗乐了一般，竟咧开嘴大笑起来。

池代龙从未见过他笑得如此开心，甚至能看到他眼角晶莹剔透的泪光。

十二

驾驶员脱离危险后，又在床上躺了好久才苏醒过来。

池代龙站在监护病房外，仔细翻阅着手中的档案，眼前这个叫乔沛凝的男人给他一种平平无奇的感觉。相片上的乔沛凝留着厚重的刘海儿，因为执行手术，已经被剃得干干净净，其余地方再无什么特殊的，他在街上巡逻时绝不会注意这种人。

值班医生告诉他，乔沛凝因为后脑勺受到剧烈的撞击，可能患上了逆行性遗忘症。

"逆行性遗忘？"池代龙没听过这种症状。

"他的第二级记忆出现了紊乱，简单点说，他很可能已经完全忘记了事发前的事情。但对于现在发生的事情，他的记忆不会受到影响。他的第三级记忆貌似没有受到影响，他依然保留了学习的技艺。"

"病人有可能会假装失忆吗?"

"这就不是我们的领域，这得是靠你来排查的，警官。"

"请问我现在可以跟他对话吗?"

"你要带他出院都没问题，只是这段时间，要定期回来进行检查，以防病情恶化。"

"恶化?"

医生拿起乔沛凝的大脑透视图，说:"你看这里，这里和这里。我刚刚说的只是保守估计，现在他的大脑就像一团糨糊，这种情况比较少见，他也许会慢慢忘记所有事情，甚至连自己是谁都不记得。"

"他有可能慢慢地脑死亡，变成植物人?"

"这只是一种推测。我还有其他事情要忙，告辞了。"

"麻烦你了。"

池代龙叹了口气，轻轻推开病房的门，走了进去。

"你好，我是池代龙，浅水地方刑警。"

乔沛凝睁大眼睛打量着这个中年男人，略微发福的身材，略带水肿的脸上有两个大大的黑眼圈。穿着整齐的警服，脸上的神情严肃，好像发生了什么大事一般。

"你好，我是乔沛凝，有什么事情吗？"

池代龙走到乔沛凝身边，他仔细打量着眼前的嫌疑人，这是他第一次如此近距离地观察他，好像乔沛凝脸上就写满了线索似的。

"你还记得你为什么在医院里吗？"池代龙问。

乔沛凝摇了摇头，又点点头，说："值班的医生说，是因为车祸，但我不记得了。"

"你现在感觉怎么样，能行走吗？"

"除了头有些晕，其他应该没有问题。"

池代龙掏出了自己的证件，向乔沛凝展示，随后说："我现在依法要将你强制传唤去浅水警局，我们现在有些问题想要问你。"

"我不明白。"

"我们会和你解释的。"

池代龙拿出手铐将乔沛凝双手铐起，在医院里众目睽睽之下押上了警车，乔沛凝注意到周围人充满恶意的目光，仿佛要将他杀死似的。

乔沛凝被带进一个看上去像审讯室一样的小房间，他坐在面对着门的一头，头顶的白色灯光正对着他，有些晃眼。池代龙把他的手铐松开，乔沛凝揉了揉眼睛，池代龙在他对面坐下，拍下手中厚厚的档案。

"我现在要对你进行提问，请你如实回答，会有录音和监控记录下这房间发生的一切，请你配合。"

"好的。"

"姓名?"

"乔沛凝。"

"……"池代龙依次确认了档案上的信息。

池代龙拿出几张事发现场的取证照片，整齐地罗列在乔沛凝的面前。

"看看这些照片，你有没有印象。"池代龙并没有立即展示死者的照片。

乔沛凝低头仔细确认了每一张照片，随后摇了摇头。

"你仔细看看，照片中的车辆，你有没有印象?"

乔沛凝再次摇头，这个动作还没有结束，他立刻恍然大悟般说道："我想起来了!"

"这是你的车吗?"池代龙立刻询问，手中的笔飞速地记录着。

"不是我的车，这车是清子的。"乔沛凝回答道。

清子，池代龙迅速记录下了这个名字，他估计这多半就是死者的名字。

"清子和你是什么关系?"池代龙追问。

"男女朋友，但是我们分开了。"

"什么时候的事情?"

"已经有一阵子了。"

"你是不是在刻意隐瞒？你不记得发生了车祸？"

"我不记得。"

"那天你是驾驶员对吧？"用了一个简单的套话技巧。

"哪天？"

"所有人都记得那天，浅水有史以来的最大暴雨。"

"我没有印象了，这里不是经常下雨吗？"

池代龙见这样绕下去得不到结果，拿出档案里死者的照片，放在他的面前。

"这是当天的死者，事发时，她坐在副驾驶，你坐在驾驶位上。"

乔沛凝拿起那触目惊心的照片，盯着看了许久。

"我真的希望可以帮到你，但我真的认不出来她是谁。"

池代龙变得不耐烦起来，声音也提高了几个分贝，他盯着眼前一问三不知的男人，大声质问："你如果什么都不知道，你为什么会出现在那辆车里？死者身上的伤口明显是刻意人为的，你最好老实交代，配合我们工作，等死者的尸检报告出来，你会失去减刑的机会。"

"我真的不知道，我真的不知道。"乔沛凝的神色慌张，在嘴里不断地碎碎念着。

"我给你一点思考的时间。"池代龙把照片留在桌上，合上档案，向门外走去。

"死掉的人是清子吗？"池代龙身后传来乔沛凝无助的声音。

"你最好想好再说。你是本案的唯一嫌疑人。"池代龙回头说，说完就关上了审讯室的门。

池代龙走出房门，点上一根烟，对着一旁的同事摇了摇头。他有些不相信乔沛凝忘记这些东西，他觉得他在伪装，可目前警方的证据少之又少。乔沛凝这个人行为古怪，身上和家中都没有任何的通信设备。

同样的，被害者只留下一副破损不堪的躯壳，整个案件毫无进展，除了乔沛凝刚刚提到的名字，"清子"。这显然不是一个名字，但乔沛凝还是安排同事去查找，浅水有没有一个叫作"清子"的人，无论用什么方法都要将死者的真实身份找出来。调查花了格外长的时间，直至今天，也没有查出死者的真实身份，池代龙望着这一连串没有逻辑关系的证据，头皮愈发地痒了起来。

这个房间待久了，应该也是会疯掉的吧，乔沛凝这么想。

面对突如其来的指控，他人生头一次感到如此手足无措，这眼前的照片，他一丁点儿也想不起来，可是它们散发着致命的熟悉感。就像是一个陌生人突然向他问好，告诉他，他们曾有一面之缘，你还记得我的名字吗？这种深藏在记忆中，却无法在脑海中形成确切画面的感觉令他十分难受。乔沛凝把照片整齐地罗列在桌上，手指不断在桌上抠动着，他抠得是如此用力，那陈旧的木桌上面出现了一道痕，又一道痕。

我为什么想不起来呢？

一道痕，又一道痕。

死的人是清子吗？

一道痕，又一道痕。

清子从这个世界上消失了，我为何不感到悲伤呢？

一道痕，又一道痕。

因为我的原因葬送一条生命，为什么我此刻已经毫无愧疚了呢？

一道痕，又一道痕。

不过我现在根本不想见她。

一道痕，又一道痕。

桌子上开出了绚烂的无色烟花。

十三

乔沛凝被夹在嘈杂的人群中缓缓地前行着。

各种味道钻入他的鼻腔中，后面女人用的廉价香水发出刺鼻的香味，远处男人湿润未干的短发发出薄荷洗发水的清香，一旁的小吃摊有了生意，店主不断地把肉串放进滚烫的油里，伴随着滋啦响声的是蛋白质独有的诱人香味，当然了，还有那铺天盖地的汗臭味。

人们挤在一起，不断向前走去。乔沛凝不知道自己身处何处，种种熟悉的味道在空中交织缠绕，像是有了具体的形状，他伸出手想要抓住，那味道像烟雾一般消失于无形。

"这是哪儿?"乔沛凝询问身边的人。

没有人搭理他，所有人都干着各自的事情，但他们都有一个共同的目标：向前走。乔沛凝随着人流漫无目的地踱着步，那远方的夜空格外地黑暗，乔沛凝静静地观察着，他忽然发现，身边的光亮好像只是跟着他行走似的，那些他刚刚经过，稍远的人、事物在原地一动不动也没了色彩。

他这才想起自己才来浅水的第一天，正巧赶上了一年一度的烟火大会。他打心眼里讨厌烟火，可是这一天所有人都聚集于此，他无处可去，只得随着人群凑凑热闹。他觉得那缤纷花火绽放后留给人们的失落感远远大过那昙花一现的花火带来的喜悦。发明烟花的人，心中尽是些苦痛的记忆吧，只是想通过颜色的泼洒，缤纷的花火来掩饰心中的苦楚吧。

抽象的回忆逐渐清晰起来，乔沛凝加快了脚步，直到走到人群的汇聚处。远处的大屏幕突然亮起，人群开始欢呼雀跃起来。

"10……"

"9……"

大屏幕上开始倒数计时，人们兴奋地跟着喊了起来。

"8……"

"7……"

"那是清子吗?"

乔沛凝在前方的人群中捕捉到一个他再熟悉不过的背影。他那时还不认识清子。

"原来她也来过烟火大会,我那时离她竟这么近。"

乔沛凝忽然意识到自己应该做些什么,可前方拥堵的人墙像障碍物一样挡住了他的去路,他只得大声呼喊着:"清子,清子!"

清子好像并没有听到,一动不动地站着。

"6……"

"5……"

"4……"

"借过,借过。"他尝试努力推开身边的人群。他们立在原地,像是有千斤重量的雕塑,对他的行为无动于衷。

"可以让我过去吗？我女朋友在前面。"

那些阻挡他的人们突然一同转过身，直勾勾地盯着他，无论男女老少，都伸出自己的双手，狠狠地拽住了乔沛凝。

"你们要干什么？"乔沛凝被吓了一跳。

人们冷漠着脸，没有回应。只有远处的清子，依旧留给他一个背影，她微微抬起头，静静等待夜空中绽放的花火。乔沛凝拼了命地想要摆脱身上的束缚，但他越是用力，周围的人们就拽得越狠，他觉得自己的四肢仿佛要被扯断了。

"3……"

"2……"

乔沛凝的四肢终于被拉扯断裂，那伤口并没有任何痛感，他想开口说些什么，但已经发不出声音了。他像一块过期的猪肉，被遗弃在了地上。乔沛凝只能通过人群中的缝隙看到清子的背影。

"1……"

人们不再把目光放在乔沛凝身上，齐刷刷盯着漆黑的夜空。一道银光从地面升起向空中射去，在天空中绽放出了无色的烟火。随着每一次升起，每一次爆炸，乔沛凝身边的人就会消失几个，那无色的烟火在空中不断绽放，那些阻拦他的人越来越少，最后偌大的广场上只留下了他和清子。

　　乔沛凝如同一条毛毛虫一样艰难地蠕动着，他花了很久的时间，才终于抵达了清子的身旁。在他抵达清子身旁的瞬间，清子一点一点褪去了身上的颜色。先是树林一般的绿色，接着是威士忌一般的深棕色，最后是血一般的红色。褪去的颜色是从身体上慢慢消散的，整个过程安静且致命。

　　清子只剩下身上的浅蓝色，她第一次挪动了身子，没有眨眼，那浅蓝色一点点向地下蔓延，覆盖且包裹了趴在地上的乔沛凝。直至此刻，清子已经全然没有了颜色，像是石膏，也像是凝固了的水泥。一个褪去颜色的空壳，好像没有一丝灵魂的空壳。那无色的身躯颤抖着，一阵狂风吹过，身躯被卷起，用一个扭曲的姿势在天空中爆开。

在此时，乔沛凝的眼中终于绽放出绚丽的花火。

十四

池代龙透过单面玻璃看着乔沛凝一系列反常的动作，他觉得这个人一定是疯了。

乔沛凝趴伏在桌面上，脸庞紧紧贴着桌面，口水从嘴角流出，乔沛凝双手指甲盖已经碎裂了，露出鲜红的肉，但那血淋淋的双手还在不断机械运动着。池代龙见这样下去不行，进入房间，想要阻止乔沛凝的自残行为。池代龙抬起乔沛凝的手，却被乔沛凝用不知道哪来的力气推开，这一推让池代龙跟跄了几步，险些摔倒在地。池代龙看到他这痴狂状态，一时不知道怎么办才好，好在徒弟拿着一瓶水冲进房间，拧开瓶盖，猛地向乔沛凝脸上浇去，乔沛凝这才停下手中的动作。

"你在干吗？"徒弟呵斥道。

"……"乔沛凝没有搭理他。

"我在问你话呢。"徒弟被惹得急了眼，上前揪住乔沛凝的衣领。

乔沛凝的眼神左右横移，像是在房间中搜索什么东西，最终将目光锁定在池代龙身上，他们双目对视，乔沛凝缓缓地开口说："我知道死的人是谁了。"

"谁?"池代龙拉开徒弟的手，被攥紧的衣领已经变了形。

"死的人是清子。"

"你确定吗?"

"确定。"

"清子的具体名字呢?"

"具体名字？清子就是叫清子，具体名字好像叫……"

"叫什么?"

"我想不起来了，我现在头很痛。"

"你现在必须得给我想起来。"一旁的徒弟又要上前，被池代龙拦住了。

乔沛凝眉头紧皱，面露痛苦的表情思考起来，池代龙和徒弟二人站在他身旁面面相觑地等待着。大约过了几分钟的样子，乔沛凝忽然睁开眼，还没等池代龙开口询问，他张开嘴大声地开始尖叫，那刺耳的声音贯穿了整个警局，有些科室的同事甚至放下了手上的工作，前来看看发生了什么。池代龙让徒弟控制住乔沛凝，实在不行，用胶带封住他的嘴，一定要将他铐牢，他关上房门，掏出腰间的手机，拨打了急救电话。

池代龙望着远去的救护车，长吁了一口气，他疲惫地走回了自己的办公室，拿起桌上那本翻阅了一半的《罪与罚》，阅读能让他冷静下来，小说中那近乎变态般的凶杀案现场描写，时不时让他的神经更加紧绷，他丢下书本，书签掉落在了地上。

"尸检报告出来了。"同事敲了敲他的门，递过手中的文件袋。

他弯腰将书签捡起，在书中找到刚刚阅读的那一页，小心翼翼地放好。

"女性死者是叫清子没错？"

"您最好还是先看看为好，情况有点特殊。"

池代龙解开文件袋上的缠线，取出其中的文件，仔细地阅读起来……

冯恬，女性死者，29岁……全身多处骨折，脸部遭利器划伤……死亡原因为出血过多。

"有查过死者的信息吗？"

"查过了，貌似与嫌疑人乔沛凝没有关系，死者不是本地人，生前在×市活动频繁。"

"通知死者家属了吗？"

"通知了……对了，在清理现场的过程中，在死者衣物里发现了大量被烧焦的现金，凶手好像对钱并没有兴趣。"

话音未落，徒弟不知道从哪儿冲出，夺过池代龙手中的尸检报告，他的瞳孔急剧地收缩，汗水瞬间浸湿了他的后背，他猛地抓住同事的肩膀说："你他妈没在开玩笑吧，死者名字是冯恬?"

"没错啊，这上面就是这么写的。"

徒弟急忙地摸出手机，手法娴熟地拨打了一个号码，池代龙见状支开了前来送尸检报告的同事。

"嘟，嘟，嘟……"房间里很安静，电话拨通了。

"嘟，嘟，您好，您拨打的电话已关机。"

"他妈的!"徒弟挂断了电话，转身就向门外冲去。

"你冷静一点!"池代龙一边喊着，一边追了出去……

"人呢?"徒弟跑到审讯室门口，一脚踹开半掩着的门。

"你先冷静一点……乔沛凝已经被带回医院了，刚刚你亲自把他押上救护车的。"池代龙气喘吁吁地说。

徒弟在房间里像个无头苍蝇绕着圈子，他用一种带着愤怒的哀号声说："我不是问那个畜生，我是问冯恬。"

"现在应该在殡仪馆，刚刚通知了家属。"

"带我去，现在，求你了。"

从警察局到殡仪馆的路池代龙开车走了无数次，但从没有一次像今天这样漫长。浅水不合时宜地下起了小雨，雨水轻轻敲在玻璃上，它们慢慢从表面滑落，是那么地不动声色，连雨刮器都没有察觉。

池代龙时不时地扭头观察着徒弟的眼神，他不知道说些什么来安抚他的心情，那些假装关切的话语刚要从牙缝挤出来，又被池代龙狠狠地吞入腹中。

"你一定会好奇，我为什么反应这么大吧?"是徒弟先开了口。

"这姑娘我只听你提到过两次，我没想到你这么在乎她，你心里一定不好受吧，特别是见到了那样的场景。"

坐在副驾驶的徒弟努力控制着自己的情绪，泪水已经悄悄从他眼角滑落，他的身体止不住地抽动起来。他紧咬着牙，紧闭的双眼太过用力，在眼皮上形成一道道褶皱。这些动作都被池代龙看在眼里，他知道徒弟在努力地控制自己的情绪，好让自己不哭出声来。

"你们最后一次联系是什么时候？"

"她对我说，自己准备离开×市，妹妹大学也快毕业了，她自己也攒了一些钱，想要换个地方生活……"

"然后呢？"

"她说要来浅水见我一面，她借我的钱都有好好记住，她之后一定会还给我的。我对她说，不用着急，如果手头紧的话不还也行……"

"我不知道说些什么安慰你。"

"不用安慰我，我没有在自责。我只是为她在难过，我还记得她死前的样子，那遍体鳞伤还努力求生向车外爬去的样子，这让我太难过了。我讨厌这个世界，为什么善良的人总是会先受到伤害，而那些邪恶的人总是有万种理由为自己开脱?"

"……"

"最让我难过的是,没有人会记得她,她的墓碑上不会写着她曾经是个多么棒的人。她就像是被丢进水池里的一块石头,掀起一点涟漪,就沉到再也无人知晓的水底,那石头太过沉重,永远也不能浮起。她甚至不能得到关注,所有人的关注度都放在了犯罪分子身上,好像自己的家人就是下一个受害者。她什么都没有,连生命都这么没了。若是此时,我请求你为她哀悼,你能体会到她当时那份苦楚吗?"

"我很想,但是我不能。"

"人们常说河有两岸,水代表感情。可我越是待在浅水,越觉得这是个没有感情的地方。我和冯恬像是站在两岸遥遥相望的二人,她坠入水中,我随她跳下,却怎么也寻不到她。就像那时近在咫尺的我,我一定是将她认出来了,只是我不敢确认。我恨透了浅水,这水才不代表什么情感,它更像一面镜子,一面是真实，一面是虚假。告诉我，我究竟活在哪一面?"

"我敢肯定是真实的那面。"池代龙想都没有想，脱口而出。

"我觉得我们活在这之间，上半身看到的是真实，脚下踩着的是无尽的虚假。"

"我们到了，要我跟你一起进去吗?"池代龙问。

徒弟摇了摇头，开了车门走了出去，迈着软弱的步子缓慢地踏上了殡仪馆的台阶，还未行至一半，就又折返回来。

"怎么了?"池代龙从车窗探出头问。

"不知道怎么和你形容，我的双腿没有迈上去的勇气，我甚至不能走进那大门。我没有勇气再次目睹那场面，我不想在无数个夜里回想到那场景，至少保留一些好的回忆吧。"

池代龙下车拍了拍徒弟的肩膀，递过一根烟，两人相视无言，在滴答的小雨中慢慢飘起两股烟雾。

十五

　　局里给徒弟放了个假，言外之意就是他不能再参与这次案件的调查了。

　　池代龙坐在办公室里，面前的电脑上不断播放着那天审讯室里的谈话，面前画面里的男人是这个案件唯一的犯罪嫌疑人和线索。受害人身上留下的乔沛凝的指纹和当天车上仅有二人的情况已完全可以证明乔沛凝的犯罪事实，他可以轻易地将乔沛凝绳之以法，加以定罪，可他不想这么做。徒弟"放假"前哀求他一定要将事情的真相还原大白，池代龙实在不忍心拒绝他。

　　他细细观察着乔沛凝只身一人留在审讯室中的片段，他注意到乔沛凝不是平白无故地陷入反常，那抠桌子的动作不是没有来由的。乔沛凝的面容先是变得呆滞，然后眼睛死死地盯着那照片，连眼皮都不曾眨动一下。

一个大胆的想法在他心中产生，他推测乔沛凝这奇怪的行为是由睹物思人产生，只要提供给他相对私密的空间，以及他熟悉的物件，他就能回想起曾经发生过的事情，甚至演化出一些当时的行为。

他立即与医生分享了他的想法。

"也许可行，但这样的行为可能会使他的记忆产生严重的紊乱，严重的话，可能会产生一些莫须有的记忆，他的大脑会本能地排斥这些记忆，从而加速他成为植物人的速度。虽然没有法律责任，你这么做，也算变相地杀死他。"

池代龙听到后有些犹豫，但还是毅然决然地将乔沛凝从医院中请出，他想对受害者，对徒弟，对这扑朔迷离的案件有个交代。在接下来的几个月中，池代龙和他的同事带着乔沛凝走遍了浅水的大街小巷，四处搜寻乔沛凝遗失的记忆片段。

"他有时会和一个姑娘来喝咖啡，但他们好像已经分手了，自打那以后我就再也没见过她。"咖啡店店主说。

"那姑娘叫什么名字？长什么样？大概多高?"池代龙问。

"我只知道叫清子，长得普普通通，黑发，个子差不多一米六五。"咖啡店店主回答。

"清子啊，我熟得很，常客了。不过她好像不是这个地方的人呢，她经常来喝我们店里的威士忌酸。"酒吧调酒师说。

池代龙向他们说明了乔沛凝的情况，请求他们配合演一出戏，并且要求他们时不时地提到清子。感谢热心的浅水市民，完美地完成了池代龙布置的任务。他躲在暗处，默默观察着陷入回忆的乔沛凝，乔沛凝好像每次都能及时地醒来，那对于清子的回忆总是戛然而止。

如何才能拼凑起那些记忆的碎片呢，池代龙绞尽脑汁也想不出来一个解决方法。

终于，他们在一家花店前停下了脚步，乔沛凝望着那店里的空气凤梨，眼神变得狂热，他冲进店里死死抱住那空气凤梨，怎么样也不肯撒手。

"你为何对这株植物有这么强的执念?"

"这是清子留给我最重要的东西。"

"清子留给你的这植物，就是从这家店里买的吗?"

"我不清楚，据她所述，她是从浅水森林抱出来的。"

"浅水森林?"池代龙从未听过这个地方。

他忽然想起车祸发生的偏远郊区旁好像就有一片渺无人烟的树林，那林子没有名字，从没有人把那儿称作浅水森林。他觉得那儿一定有什么关于清子的东西，车祸的发生地点绝不是个巧合。案件第一次有了眉目，他需要弄清楚，乔沛凝为什么要开车载着受害人前往浅水森林。他买下那棵空气凤梨，将它安置在了乔沛凝的家中，并在上面悄悄放置了一张带有暗示意味的照片。

整整一个星期，他定时接送乔沛凝来往于他租住的房子，在一个暴雨倾盆而下的坏天气，乔沛凝注意到了那张放在空气凤梨上的照片……

十六

"只有那一个地方，清子就在那里。"

乔沛凝向案发现场跑去。

那条幽静的郊区小路已经很久没有车辆通行了，最近一系列的报道惊吓到了居民，居民说这儿闹鬼，车辆都选择绕路而走，渐渐地，杂草覆盖了马路。乔沛凝沿着路一侧郁郁葱葱的树林寻找清子的踪迹。

的确是一片森林，只是没有水。

乔沛凝往深处走去，泥土有些稀松，附着在鞋子上，很快又掉了下去。

"清子？清子？"乔沛凝原地喊道，清子并没有出现。

"清子，我看到照片了。"乔沛凝又喊道。

他这么喊了一会儿，原先心里的激动之情已经消失殆尽了。他觉得自己像是在胡闹，这里和照片里的模样完全不同，清子又怎么可能在这里呢。天空中不时有不知道名字的鸟飞过，发出不一样的声音。他在一块大石旁歇了脚，把沾满了泥巴的鞋子从脚上脱下。

"今天出门太匆忙，连袜子都忘记穿了。"他想。

乔沛凝爬上石头，虽然有些硌人，但还是躺了下来。阳光把石头表面照得十分温暖，他的脚心贴着石头，只觉得石头上的热气全部传到自己身上了，很是舒服。乔沛凝想闭上眼睛，但他眼前清子流着血的样子历历在目，在他昏迷之后，清子又遭受了怎么样的痛苦呢？在清子生命消逝之时，乔沛凝却昏迷不醒。她在想什么呢？乔沛凝想清子肯定是恨他的，恨他的幼稚，恨他的粗鲁，恨他的自私。

"人在这个世界上，都能获得些什么东西呢？名誉、财富这些可有可无的东西从来就不是乔沛凝的追求。亲情是通过血脉联系，是永远不能因为你自己的选择而改变的东西。爱情从没有既定的标准，他甚至不认同它的存在。所以在这个世界，当我们抛弃了假大空以后，会发现其实我们什么都没有。而那些明明知道这世上什么都没有的人，还是坚定地生活在一起，这才是这世上的奇妙之处吧。"乔沛凝喃喃自语道。

"没有水的森林和没有清子的我，倒也能凑上一对。"想到这儿，他竟洋洋得意起来。

乔沛凝又一次做梦了。

不是回忆，也不是遐想。清子就在他的面前，背对着他，头发好像长长了一些，但乔沛凝还是一眼就能认出她瘦弱的身躯。

"清子。"乔沛凝试着喊她，但乔沛凝发不出声音。

他拿起身边石头用劲敲打刚躺着的巨大岩石，总算发出来咚咚的声音。清子好像注意到了乔沛凝制造的声音，这才转过头。

苍白的皮肤上看不到以前的斑点，头发的颜色暗淡了，双眼布满血丝。她颤抖着抬起一只手，伸出一个手指放在嘴前，示意乔沛凝不要发出声音。她慢慢躺倒在地上，睁大眼睛望着天空，不知道要做什么。

乔沛凝的耳边传来熙熙攘攘的声音，天空暗淡了下来，远方传来了细细的水流声，它们还没有汇聚成型。它们与一般的水没有什么不同。水流从树木间穿行而过，从四面八方向这里汇拢，慢慢已经没过脚踝。清子还躺在那里，水已经浸湿她小半个身子。这水很凉，像是刚刚融化的雪水一般。清子躺在离乔沛凝十几步开外的地方，静静地看着他。水位在慢慢上涨，按照这个势头，清子可能要被淹没了。

水的阻力很大，乔沛凝迈不开步子。昏暗的天空发出一阵阵轰鸣，随后降下了雨。这天气与车祸那天好像并没有什么差别。只是这些诡异的水包裹着乔沛凝和清子，水温实在太低了，急速降低的温度让乔沛凝呼出的气都成了白雾状。

这水好像并没有想要吞噬他的意思，"它的目的一定是阻止我与清子相见。"

他的双腿被冻得没了知觉，低温产生了头痛。乔沛凝尝试着把身体向前倾，只感觉全身上下传来一阵阵剧痛，超出人体极限的动作让他的肌肉拉伤了。此时，乔沛凝已经保持不了平衡，整个人失去重心地倒下去，昏在了地上。

"我可能要死了。"他想。

乔沛凝呛了好大一口水。

剧烈的咳嗽让他醒来，咳出来好多不知道从哪儿咽下的水。乔沛凝尝试活动他的双腿，但它们一点反应也没有。水位好像浅了一些，但来时的路已经看不见了，只剩下一望无际的水和树林。乔沛凝躺在水中，艰难地用手撑起身子，刚刚抬起一点点，视线里就出现了躺在他身边一动也不动的清子。他被吓了一跳，撑着身体的手一软，上半身重重地砸在了水面上，溅起的水花瞬间凝结在了空中，而他倒下的水面平静如初，没有一丝涟漪。

他不知道为何恐惧，他总算见到了想要见到的人，但他的心脏战栗着，来自心底的声音告诉他，立刻离开这里。恐惧是强大的动力来源，乔沛凝又一次撑起身子，尝试向旁边爬去。可无论他怎么挣扎，他的身体却还是一动也不能动。

"抱歉，我真的很抱歉。"乔沛凝声泪俱下，却不知自己为何哭泣，"是我的错。我不该……"

他哽咽住了。

清子慢慢地从水中浮了起来，抬起她的上半身，眼睛并没有睁开，轻轻地抱住了乔沛凝。她和乔沛凝一样湿漉漉的，潮湿的头发一绺一绺耷拉在乔沛凝的胸膛上。

"别挣扎了。"

乔沛凝听到这话，害怕极了，只想着怎么挣脱出冰冷的水。

清子注意到了他的动作，只是把他搂得稍微紧了一些。

"你知道吗？对我来说，无论我的眼睛是睁开还是闭合……"话还没有说完，清子就睁开了眼睛，"我看到的都是黑暗的水面。"

"我看到的不是黑暗的。"

她隔了好久才眨了一下眼睛："你相信一个人能挣脱黑暗吗？"

"我……这是因人而异的事情，一个看什么都是黑暗的人，自然挣脱不出黑暗。"

她摇了摇头："你能挣脱出自己的回忆吗？"

"我现在就在尝试。"

"这样的尝试是无用的。逃避的回忆时刻都可以被唤醒，曾经发生过的事情就算被你选择性遗忘了，总有人会记得。哪怕所有人都不记得了，你脚下踩过的路，呼吸过的空气都以见证者的身份无时无刻不在提醒你，你解脱不了的。"

她又闭上眼睛。

"永远也不能。"

乔沛凝没有听懂。正如他心中所想的那样，他与清子的隔阂就是在这一次又一次的沟通中愈演愈烈。

"请你教教我。"清子恳求道。

"……教你什么？我现在也很乱，我不知道……"

她突然挺直身子，双手按住乔沛凝的头，把他向后推去。乔沛凝的后脑勺重重地砸在水面，水花溅起，在空中再次凝结。清子用乔沛凝无法抵御的力量把他从水中拉出，刹那间的工夫，不给乔沛凝留丝毫的喘息机会，又把他推进水中。

清子好像发了疯一般。

"停下！停下！"乔沛凝向她求饶，他没有一点还手能力。

"请你教教我。"

乔沛凝又一次被推进水中。

溅起的水花愈来愈多，在空中停滞住，积累了相当多的数量。树林的影子透过水滴不知怎么传出清子的声音。它们好像扬声器一样，把清子的声音放大了无数倍。

"请你教教我。"

"教你……咳。"乔沛凝呛了好多水,"到底教你什么?"

她这才停下来,按住他的肩膀:"教我怎么解脱,教我怎么不再看见黑暗的水面,教我怎么消去脑海中的声音。"

"抱歉……咳咳,我做不到。"

清子抓起他的双手,把它们放在自己的脖子上,然后对乔沛凝说:"杀了我。"

"什么?"乔沛凝有些不相信自己的耳朵。

"杀了我。"

"我已经害死了你。如果死亡可以解决问题,我也不会回到你身边。我知道是我的错,但请你就这样消失吧。"他情绪激动地说着,"我说得一点也没错,你不应该这样自私……可我比你还要自私,请你从我的眼前消失,无论用什么方法,就这么变成烟雾消散,或者干净利落地再也不要出现在我面前。"

"松手!"乔沛凝用力尝试挣脱她的手。

"杀人犯。"

"你说什么?"

"你从来没有内疚过吧,杀人,对你来说有些愉悦吧?杀死这么一个莫名其妙,与你格格不入的人,于你而言,是一件做梦都要笑醒的事情吧?"

"我从没有这么想过。我每天渴望的就是你能回到我的身边。"

"胡说!你能做什么?你能和谁相处?你这个与世界格格不入的人,你还能被称作人吗?"

"闭嘴!"

乔沛凝抓住她的脖子,狠狠地掐了下去。

清子瞳孔放大的时候,那嘴角竟微微地上扬。

十七

在场的所有警员，连同池代龙在内，没有人会忘记那天的事情。

天空好像被撕裂开发出阵阵怒吼，雨水愤怒地从天空落下，向地面发起猛烈的撞击。那雨水抵达地面后没有被土壤吸收，不一会儿就在地面上生成薄薄的一层水。

池代龙放眼望去，乔沛凝的表情是崩坏的，他一会儿放肆地大笑，一会儿仓皇地逃窜。喜怒哀乐在他的脸上快速切换着，他跪在地上对着空气求饶，转眼间，双手狠狠地掐向面前的空气，手臂上的青筋暴起……这四周高大茂密的树木遮挡了大部分月光，树林里的能见度很低，透过树叶的缝隙洒落下来的月光，在水面上映射出星星点点的痕迹，维持了没多久，就被愤怒的雨水搅乱了形状。

这树林绝对是个上帝都不曾眷顾的角落，池代龙心里这么想着。眼前的乔沛凝已经没了动静，愣在原地，像是程序崩溃的机器人，诡异地抽动着他的头颅。那林中的水流不知因为什么变得流动起来，池代龙感觉到水流从脚踝处流过，水位在慢慢升高，上升到他膝盖那么高，就停止了上涨。

池代龙望着面前的景象，不安的情愫涌上心头，他不放心身旁如同定时炸弹一般的乔沛凝，他得时刻盯着他。凭借着多年的经验，池代龙觉得这森林中一定隐藏着不少秘密，他把警员们分成好几组，吩咐他们向森林深处勘查。

警员两两一组打着手电向森林的深处迈进，双腿划动水面的声音随着距离的变远慢慢难以听见，手电的煞白灯光也仿佛被那森林吞噬了一般。除了雨声，周围死一般的寂静，池代龙没有意识到，自己的汗毛已经竖起来了，他打着手电照射着警员们离去的方向，什么也看不见……

"啊啊啊啊啊。"从树林深处传来尖叫声。

池代龙侧身调试胸前的对讲机,尝试和警员们沟通,他想搞清楚森林深处发生了什么,可那老旧的设备长时间被雨水冲刷,在这关键的时刻失灵了,一点声响也发不出来。

"救命!"从另一侧发出了呼救声。

尖叫声,呼救声,咆哮声划破了夜空,如同利箭一般穿过那幽静的树林,传到池代龙的耳中。池代龙焦急地拍打对讲机,那从天而降的雨水让他的手指不听使唤,他慌了,他不知道自己在按些什么按钮,进入了什么频道。

"啪。"池代龙生气地将对讲机向树上拍去,对讲机被拍得粉碎,掉入水中消失不见了。

很快,最先出发的警员从树林深处窜逃出来,面色煞白。

"尸体,我们看到了尸体。"年轻的警员一只手扶着膝盖，一只手指向森林的深处，大口大口喘着粗气。

"别急，慢慢说……"

还未等池代龙询问完详情，各组警员都陆续从四面八方狼狈地跑来。人人都上气不接下气，神情慌张，双目失神。有一个人甚至从池代龙身边经过，头也不回地向树林外跑去。

他一边跑，一边嘴里嘟囔着："全死了，全死了……救命。"

池代龙一把拉住逃窜的警员，他有些用力，那警员被硬生生拽到水中，溅起一片水花。

"到底里面有什么？有没有清醒的人给我描述一下？"池代龙吼道。

没有人应答……

那倒在水泊中的警员全然没有爬起来的欲望，竟然在水中翻了个身向外匍匐前进，硬是要爬出这浅水森林。

"狗娘养的，你他妈倒是说啊！"

"尸体……我看见了尸体，没有头的尸体。"其中一位警员说。

"森林里太黑了，我起初以为是个人躺在那里，我还走上前用手拍了拍，结果发现已经烂掉了，那尸体泡在水中，已经全部肿胀变形，糜烂的青紫色表皮上爬满了蠕动的蛆虫。"另一位警员说。

"我只看到了白骨，但那骨架的四肢处于一个极不自然的姿势，好像关节处被人砸断了一般。"又有人开口。

"我看到……"

"够了。"池代龙倚着树，摆了摆手。

很多警员都没有缓过神来，他们强撑着自己的身体，撕心裂肺般地呕吐。在场还能保持清醒，尚且能站立的人面面相觑，没有人说一句话，愣是任由雨水冲刷着他们的脸颊。有些心理承受能力差的，已经开始抽泣，雨水夹杂着眼泪流进嘴巴当中，咸咸的，很不是滋味。

此刻的寂静和刚刚池代龙感受到的寂静有着天壤之别。

他们就这么站着，此刻，这群失了神的人需要一个人站出来领导他们，人们纷纷望向池代龙。池代龙默默地摘下了头上的警帽，将它丢到一边，那帽子随着森林里缓缓流动的水漂到了看不见的地方……

池代龙又一次僵在原地，他的双臂垂在腰间，手指如同晚期帕金森患者一般不停地颤抖着。

"哈哈哈哈哈哈。"乔沛凝的狂笑打破了死一般的寂静，现场的人都被吓得一愣神。

与此同时，池代龙的脑袋生出一个连他自己都感到可怕的想法：根本就不存在清子这个人，或者说，这些森林里发现的尸体全部都是清子。简单点说，清子不是一个人，而是一群人。在大众看来，清子只是乔沛凝最重要的人，但是在乔沛凝看来，清子可以是任何人。池代龙望着身旁狂笑的乔沛凝，不由得感到一阵恶寒，这个人从一开始就是个歇斯底里的疯子。

有那么一瞬间，仅仅是一瞬间，池代龙想要冲上前去撕碎眼前的这个混蛋。他想把乔沛凝的头摁入水中，让他溺水而亡。池代龙仿佛已经听见了乔沛凝五脏六腑被水涨破的声音，他仿佛已经看见了乔沛凝嘴角流出的鲜血。

"他们说的那些都是你做的?"池代龙握紧了拳头，他脑袋中的理性阻止了他攻击的欲望。

"没错。"

"你好像很得意，为什么?"

"因为清子。"

"清子?"

"我不这么做，清子怎么一直陪在我的身旁。"

"清子到底是谁? 这些尸体都是清子?"

"呵，"乔沛凝轻蔑地一笑，"她们可远远比不上清子。"

"比不上?"

"那冰冷的躯体靠近我的那一刻，我才能些许感受到清子的存在。她们的死亡不是毫无意义的，她们让我离清子越来越近，越来越近……哈哈哈哈哈哈，你知道吗，你知道吗，你理解我的意思吗?"

池代龙感觉天上降下的雨水不再是雨水了，而是一滴又一滴浑浊的血液，那血液落下与浅水相融，让他们脚下的积水变成了一汪血水。

"那个女孩呢? 冯恬?"

"她倒是抵抗得很顽强，我本以为她已经咽了气，谁知道她在半路中苏醒过来，抢夺我手中的方向盘……我真后悔没立刻割下她的头颅，我已经和清子许久未见了。"

"那些尸体的头颅呢?"

乔沛凝没有回答池代龙的问题，他仰躺在这由尸体构成的血河中，那些女尸与他紧紧挨着，他闭上眼睛享受着雨水在他脸上的拍打。

过了很久，很久，乔沛凝开口呢喃道:

"清子，我爱你。"

池代龙僵在原地，连眼皮都不曾眨一下。他的肉身好像已经覆灭，只剩下一个无法动弹的意识体。如果将自己比作一台电脑，他感觉他的大脑正在被快速地格式化。他正在穿越一个扭曲而蜿蜒的隧道，隧道内的一切都是黑白的，池代龙如同液体一般向前穿梭。

"咚咚咚咚咚"，他的心律失常了，从胸腔深处传来剧烈的心脏跳动声。隧道不断地在收缩着，池代龙看到的画面好像他小时候看过的没了信号的黑白电视机，雪花屏不停地闪烁着。他又一次地胆怯了，又是那铺天盖地的无助感，可这一次，池代龙彻底放弃了抵抗，他干脆闭上了眼睛，瘫倒在了浅水森林中。

十八

池代龙在一片雾气之中醒来，这里的能见度很低，他不知道自己置身何处。池代龙甚至不用呼吸，他能清晰地感觉到皮肤上每一个细小的毛孔都在不断地张开闭合，一种前所未有的清爽感充斥着他的身体。他推测自己多半是进入了濒死的状态，又或是完全地死了，可这一切都无法解释。池代龙伸出右手掐了掐自己的睛明穴，又按了按人中，他的身体没有给他一丁点的反馈。

池代龙觉得自己轻飘飘的，他刚用手指触碰到地面，自己就如同在太空中一样飘了起来。这种奇妙的境遇是他从未体验过的，一时间，他竟忘记了自己此行的目的。他自娱自乐了一阵子后，发现面前的雾气慢慢散去了，那朦胧未散干净的雾气后面好像隐藏着几道黑影。池代龙在空中笨拙地划动着自己的双手，他显然不会游泳，姿势相当笨拙。他不依不饶地向黑影的方向划动着，那黑影也在向他的方向前进着。

那几道黑影愈来愈近，池代龙惊喜地发现，其中一道向他奔来的黑影是一只小黑猫。

"尾部有些弯曲，跑起来姿势有些别扭。不会错的！"池代龙心里想着。

有些失望的是，那小猫的影子并没有显露出实体，或者说，那小猫的影子只是一道影子罢了。他抱起小黑猫的影子，用手拍了拍那小黑猫的尾巴根，小黑猫的屁股撅了撅在他身上蹭来蹭去。池代龙笑了，他的人生中从没有一刻比现在还要开心。

另一道影子向他靠近，是一道人影。那人影没有靠近池代龙的身边，离了大概有三四米的样子，远远地看着池代龙。池代龙望着面前的影子，思索着影子的身份。他很快就意识到这影子很有可能就是自己曾经的搭档，想到这里，他的双手不由得颤抖。怀中的小猫好像有些不舒适，从他身上跳下来，安静地蜷在他的脚边上。

池代龙与那影子四目相对了好一会儿。他觉得有些别扭，毕竟那影子并没有所谓的瞳孔。这些影子发不出声音，池代龙却能清楚地感觉到他们身上的情绪，面前的这个影子没有恶意与悔恨。

"你一定对我很失望吧。"池代龙说。

那影子摇了摇头。

"抱歉，我当时……"池代龙话还没有说完，那影子就快速飘到他面前，捂住了他的嘴巴。见池代龙不再说话，黑影将双手放在池代龙的肩膀上，像是在揣摩池代龙一般。大约过了几十秒后，那黑影环抱住了池代龙，他慢慢地伸出了自己的手在池代龙的后背轻轻拍了拍。黑影的举动好像瞬间瓦解了池代龙这么多年以来绷紧的心弦，池代龙的眼泪夺眶而出，这么多年的愧疚与无奈好像就在此刻一笔勾销。

"你能感受到我的世界了吗?"乔沛凝的声音响起，

黑影们好像有些畏惧他的声音，立刻隐入雾中，消散不见了。

"我死了吗？"池代龙对着一片虚无问道。

"没有，准确地说，你是处于濒死的状态。"乔沛凝有些生气，又说，"死与不死又有什么分别呢？"

"我畏惧死亡，死亡是一切的终点。"池代龙说。

"你更喜欢你的世界是吧？"乔沛凝问道。

"我想是的。"池代龙回答。

"你再仔细想想。"乔沛凝说。

雾气瞬间消失不见，池代龙被重重地砸到了地面，铺天而来的血液染红了他身下干涸的土地。池代龙还未曾从撞击带来的剧痛中舒缓过来，就被铺天盖地的死尸吓了一大跳，在那些尸体中，他一眼就看到了他的小猫和他死去的搭档。猩红的血液从他们的旧伤口中缓缓流出，好像流不完似的，缓缓地淹没过了池代龙的脚脖子。

"伤害和疼痛是永存的。有人说，随着时间的推移，人们会慢慢忘记那些创伤。我觉得简直可笑……"

池代龙肋部的伤疤突然隐隐作痛，他觉得自己的身体正在被撕扯，有什么东西要从他的身体里面逃窜出来。可是那利刃穿过的创伤并不是令他最痛的，此刻，池代龙捂住自己的眼角，好像承受了莫大的痛苦一般。他已经不记得眼角的伤是怎么来的了，那不足半厘米的伤疤竟在此刻带给他如此大的折磨。

他忍住剧痛睁开双眼，发现自己被一张A4卡纸挡住了视线。卡纸上开了一个洞，刚刚好盖住了他的右眼。池代龙惶恐地从那个小洞向外望去，瞳孔左右来回打量着……一只女人的手拿着一根针慢慢地向他的眼球靠近，那根针就快要戳进他的眼睛了。

"听说人在过度紧张害怕的时候，灵魂会被吓出体外。但随着年纪的增长，灵魂会变得越来越浑浊，就不愿意再跳出你丑陋的肉身了。所以，我们小时候第一次感到恐惧的时候，往往是你最不愿想起，也是最痛的时候。"乔沛凝说。

女人拿着针在池代龙的眼睛上划动了两下，精准地戳进了池代龙的眼角。这痛感还不至于让池代龙昏厥，可那随着针一并带进来的缝线摩擦皮肉的痛感，让池代龙全身冷汗直冒。

"这可不是肉体的痛，这是你灵魂的第一次痛。"乔沛凝得意地说。

"放屁！我的灵魂从未痛过！"池代龙尖叫着大喊。

"没有人为我们指引方向，没有人在乎我们。我们就像是被丢进汪洋中任意漂泊的小船，被指派到沙漠中寻找水源的旅者，在一座城市中只为了生存出卖灵魂的躯壳。"乔沛凝说。

"肉体是你的枷锁，当它不再能关住你的灵魂，你就该飞走了。我做的这些，只是帮助那些无辜的灵魂离开她们丑陋的肉身罢了。"

终

池代龙的供词并没有被采纳，现场做笔录的年轻警员再三叮嘱他退休后要去看看心理医生。这件事好像就告一段落了，几个月后，池代龙如愿以偿退休了，他靠着大量的精神药品，浑浑噩噩地过着余生的每日，他大概是永远找不到自己的救赎了。打那件事过后，没有人再看到他徒弟的身影，他再也没来上过班，最后一次有人见到他是在冯恬的火化仪式上，冯恬的家人和即将大学毕业的妹妹抱在一起哭作一团，徒弟默默地站在远处观望着，还没等到仪式结束，就没有了踪影。

浅水再也没下过雨，这样也好，那雨水带来的喧哗在这样的小地方总是会带来不小的波动。即使浅水已经干涸，每个人都依然在这座城市中随波逐流，遵循着他们的生活轨迹，拼了命想要浮上水面。所有人都在刻意扮演着沉默的角色，每个人都在配合演出着一场默剧。他们的心中想着自己绝不是沉默的大多数，殊不知已然忘记活在这世上的意义。

法院驳回了乔沛凝的律师的上诉请求，判处他死刑，于七日后立即执行。乔沛凝的精神状况每况愈下，以他的身体状况，可能挺不到行刑那天，就已经变成植物人。大众陪审团在心中默默祷告，无论是什么神明，请让他的大脑没那么快地坏死，请让他受到肉体和精神上的双重折磨，以此来慰藉那些死去的无辜亡魂。

验尸官没日没夜地加班才弄清楚那些女尸的身份，怪异的是，她们当中没有一位是浅水本地人，都来自其他的地方。受害者的家属来到浅水后，迎接他们的只有一个个孤零零的骨灰盒。她们的头颅下落依旧是个谜，据当天在浅水森林的一位警察口述，乔沛凝吃掉了她们的五官，把头颅都埋在了那座森林底下。浅水森林至此成了警察口中的禁地，有很长一段时间成为人们自杀的圣地，之后就再也没有人提到过了，甚至连地图上的那一块森林标注都被抹去。

池代龙在经过花店时愣了一会儿，没一会儿，他从店里抱出一棵崭新的空气凤梨。他若是没有信仰，又没有途径来获得他应得的救赎，他该怎么鼓足勇气浮在这满目疮痍的水面上？

池代龙抱着空气凤梨走出花店，浅水每一寸他曾热爱的土地都令他感到厌恶。在这熙熙攘攘的街上，没有人记得他，没有人在乎浅水曾经发生过的事情，人们依然活在他们所认为的安静祥和中。

"可这样又有什么不好呢？"池代龙尝试跟他的灵魂对话。

没有声音回应他。

这些天，他一直尝试着和自己的灵魂对话，放在以前，这是能令他笑掉大牙的事情。可当他在乎的人一个个离去，无影无踪的时候，当他不再愿意去触碰自己的回忆末梢时，他真的感受到了孤独的滋味。那滋味不好受，走投无路的他越来越相信乔沛凝说过的话，他开始变得多疑，变得暴戾。

"我真的有灵魂吗？"池代龙这么问自己。

"那老头多半是疯了，这些天，无论是刮风下雨，他总是雷打不动地抱着一棵空气凤梨坐在湖边，盯着那波光粼粼的水面，口中喃喃自语着只有他自己能听懂的话，无论我怎么说都劝不走。"公园的看门人说。

"谢谢。"

池代龙坐在水边，聚精会神地望着水中自己的倒影。池代龙微张着嘴巴，他越是仔细地看着自己的倒影，双腿越是止不住地颤抖，浑身上下没有一点力气。他看见乔沛凝就坐在水的另一面，保持着和自己一模一样的姿势，只不过他的手中捧着的不是空气凤梨，而是一颗鲜血淋漓的人头。从人头上渗出的血液染红了整片水域，池代龙的眼珠好像就要蹦出自己的眼眶，他两眼一黑，向面前的湖水栽去。

"这样下去可不行啊。"一个熟悉的声音响起。

徒弟扶起了差点跌倒的池代龙，他注意到，即使在这种情况下，池代龙依然死死地将那空气凤梨抱在怀中。徒弟搀扶池代龙站起身来，可池代龙已经没有了直立的力气，双腿瘫软地依在徒弟身上。

"那么多条生命啊。"

徒弟一把夺过池代龙紧紧抱住的空气凤梨，将它丢入水中。空气凤梨在水面上漂浮了一会儿，就沉了下去。池代龙想要伸手去抓，却抓了个空。徒弟架起池代龙的肩膀，缓缓地带着师傅走出了公园。

"过去的就让它过去吧，至少浅水会记得。"

池代龙三步一回头，望着那平静的水面，缓缓流下两行眼泪。

城（代后记）

　　《浅水》的初稿完成于四年前的冬天，讲述的是一个有些荒诞的爱情故事。2019年，我才刚刚迈进大学校园，虽说身边的一切都是新奇的，但由于生活阅历不足，这个爱情故事显得有些草率生涩。繁忙的学业加上两点一线的生活压得我有些喘不过气，当我好不容易寻得空暇时间坐在案前打字时，我惊慌地发现自己不如以前那样熟练了，脑中的想法和灵感像是公寓门前沾染着泥水的积雪，正在慢慢地融化。我迷失了创作方向，丧失了创作动力，甚至心中那一份对文学的热爱都动摇起来。

　　多年境外求学，让我在各个城市之间辗转。我依稀记得第一次走出纽约宾夕法尼亚车站，过街信号灯亮起，扑面而来的行人让我愣在原地。他们为何如此急躁？他们在向哪里奔赴？我绞尽脑汁也想不明白，在那一栋栋摩天大楼下，我觉得自己是如此地渺小不堪，我希望生活的节奏可以慢一些，好让我们这些步伐缓慢的笨蛋喘喘气。我觉得自己不属于这，可我好像又忘记了家乡的容貌，这种缺乏归属感的无力席卷了我的全身，那一座座城市将我无情地吞没了。"生命的蛆虫，在城市炽热的孤独中爬行。"海明威的诗歌用来形容那时的我再合适不过了。

我逼迫自己不被这城市的洪流卷走，靠着那一丁点儿算不上优秀品质的倔强，艰难地过着我慢节奏的生活。为了找到我的灵感，我开始阅读一些同样是身处异国他乡的作家的作品。《长崎》是在我阅读过程中特别喜爱的作品，这是一个法国作家写的日本故事，其中包含着大量的意识流描写。让我始料未及的是，一个法国人的文字竟能像日本人写出的文字一般克制。我忽然意识到，不仅仅是我一人缺乏归属感，这城市中每一个行走的人都在孤独地寻找些什么，我们互相之间并不碰面，但都以为自己承受着莫大的苦难，苟延残喘在这城市的阴影下爬行。

《浅水》既是书名，也是书中一切事件发生的地点。这是一个虚构的地方，可我感觉它那么地熟悉，它好像是我待过的所有城市的混合体，一个令我爱恨交加的地点。在无数个寂静的雨夜，我悄悄问自己，那个属于我的城市究竟在哪儿？这答案恐怕要我自己寻找。若是将创作比作我的避风港，那浅水一定是窗外肆虐的狂风暴雨，它干扰着我，阻止我发出内心的声音。我依旧畏惧，我害怕我像书中的角色那般，被那城市慢慢淹没……

明天，不

这不是告别

因为我们并没有相见

尽管影子和影子

曾在路上叠在一起

像一个孤零零的逃犯

明天，不

明天不在夜的那边

谁期待，谁就是罪人

而夜里发生的故事

就让它在夜里结束吧

前些天再读北岛的诗，他的诗歌曾是我的最爱。可我偏偏选择成为一个罪人，记录下那些夜里发生的故事。因为我知道，故事永远不会结束，而一个真正结束了的故事，是被人遗忘的故事。

图书在版编目（CIP）数据

浅水 / 丁中冶著 . -- 北京：作家出版社，2022. 9
ISBN 978-7-5212-1922-7

Ⅰ . ①浅… Ⅱ . ①丁… Ⅲ . ①中篇小说 – 中国 –当代
Ⅳ . ①I247.5

中国版本图书馆CIP数据核字（2022）第101891号

浅　水

作　　者：丁中冶
责任编辑：丁文梅
装帧设计：鲁麟锋
出版发行：作家出版社有限公司
社　　址：北京农展馆南里10号　　　邮　　编：100125
电话传真：86-10-65067186（发行中心及邮购部）
　　　　　86-10-65004079（总编室）
E-mail:zuojia@zuojia.net.cn
http://www.zuojiachubanshe.com
印　　刷：三河市紫恒印装有限公司
成品尺寸：125×185
字　　数：69千
印　　张：5.25
版　　次：2022年9月第1版
印　　次：2022年9月第1次印刷
ISBN　978-7-5212-1922-7
定　　价：46.00元